필립 K. 딕의 말

필립 K. 딕의 말

광기와 지성의 SF 대가, 불온한 목소리

필립 K. 딕·데이비드 스트레이트펠드

김상훈 옮김

마음산책

옮긴이 김상훈

SF 및 환상문학 평론가이자 번역가. 필명은 강수백이다. '그리폰북스' '경계소설 선집' 'SF총서' '필립 K. 딕 걸작선' '미래의 문학' '조지 R. R. 마틴 걸작선'을 기획하고 번역했다. 주요 번역 작품으로는 테드 창의 『당신 인생의 이야기』, 『숨』, 그렉 이건의 『내가 행복한 이유』, 『쿼런틴』, 필립 K. 딕의 『화성의 타임슬립』, 『파머 엘드리치의 세 개의 성흔』, 『유빅』, 로저 젤라즈니의 『신들의 사회』, 『전도서에 바치는 장미』, 로버트 A. 하인라인의 『스타십 트루퍼스』, 조 홀드먼의 『영원한 전쟁』, 『헤밍웨이 위조사건』, 로버트 홀드스톡의 『미사고의 숲』, 크리스토퍼 프리스트의 『매혹』, 이언 뱅크스의 『말벌 공장』, 새뮤얼 딜레이니의 『바벨-17』, 콜린 윌슨의 『정신기생체』, 카를로스 카스타네다의 '돈 후앙의 가르침' 3부작 등이 있다.

필립 K. 딕의 말
광기와 지성의 SF 대가, 불온한 목소리

1판 1쇄 인쇄 2023년 3월 1일
1판 1쇄 발행 2023년 3월 5일

지은이 | 필립 K. 딕·데이비드 스트레이트펠드
옮긴이 | 김상훈
펴낸이 | 정은숙
펴낸곳 | 마음산책

편집 | 성혜현·박선우·김수경·나한비·이동근
디자인 | 최정윤·오세라·차민지
마케팅 | 권혁준·권지원·김은비
경영지원 | 박지혜

등록 | 2000년 7월 28일(제2000-000237호)
주소 | (우 04043) 서울시 마포구 잔다리로3안길 20
전화 | 대표 362-1452 편집 362-1451   팩스 | 362-1455
홈페이지 | www.maumsan.com
블로그 | blog.naver.com/maumsanchaek
트위터 | twitter.com/maumsanchaek
페이스북 | facebook.com/maumsan
인스타그램 | instagram.com/maumsanchaek
전자우편 | maum@maumsan.com

ISBN 978-89-6090-799-7 03840

* 책값은 뒤표지에 있습니다.

SF는 지금은 사실이 아닐지라도
언젠가는 사실이 될지도 모르는 이야기를 다룬다네.

　　필립 K. 딕은 수시로 고독감에 시달렸다. 그는 감정적, 본능적으로는 공감하지만 지적으로는 끝내 받아들이지 못한 지고至高의 존재를 죽을 때까지 동경했고, 태어난 지 몇 주 만에 죽은 쌍둥이 누이인 제인을 평생 그리워했으며, 견고한 현실을 찾기 위한 그의 탐색에 동참해줄 독자들을 갈망했다. 딕이 그토록 많은 작품을 쓴 이유는(그는 30년 동안 무려 마흔다섯 편의 장편과 다섯 권의 작품집을 발간했다) 그의 소설 속 등장인물들이 그에게 다른 곳에서는 찾을 수 없었던 친구가 되어주었기 때문이다.

　　트위터 메시지 하나만으로 독자의 격려와 열정적인 반응에 쉽게 접할 수 있는 초超연결된 현대사회에서는, 20세기의 소설가들 대다수가 얼마나 고립된 존재였는지, 또 그들의 창작 활동이 얼마나 스스로의 기력과 기분에 의존하고 있었는지를 간과하기 쉽다. 작가와 독자들 사이에 너무나도 많은 장벽이 존재했던 탓에, 자신감이 부족한 작가의 경우는 자기 책을 읽어주는 독자가 있기는 한지 고민하기 일쑤였다. 그러다가 운 좋게 통찰력 있는 좋은 서평과 마주치기라도 하면 그들은 환호작약했다. 누군가는 자기 작품을 이해해주고, 좋아해준다는 의미였기 때문이다.

과학소설이라는 게토 안에서 창작 활동을 이어가던 딕의 경우 독자들과는 이중으로 격리되어 있었다. 출판사들은 그를 싸구려 글쟁이처럼 다뤘고, 한번은 신작 장편을 찍어놓고 배본하려다가 사무적인 착오로 대부분을 파기한 적까지 있었다. SF 문단은 딕을 대수롭지 않게 여겼고 주류 문단은 그가 존재한다는 사실조차도 몰랐다. 아내들과(딕은 다섯 번 결혼했다) 여자친구들은 딕보다 젊었던 데다가 그에게 푹 빠져 있었지만 그들이 딕 못지않게 지적이라고 하기는 힘들었다. 게다가 딕은 젊었을 때는 너무 수줍음을 타서 다른 작가들과 교류할 엄두를 내지 못했다. 말년에 그가 살았던 캘리포니아주의 오렌지 카운티는 보수층의 보루인데다가 지적으로는 사막에 가까웠고, 딕은 아파트에 틀어박혀 거의 외출하지 않았다.

그러나 팬이나 친구들은 언제든 대환영이었고, 오렌지 카운티 종합병원에서 집단요법을 받을 때도 예외가 아니었다. 딕은 젊고 예쁜 여자만 보면 줄곧 추파를 던졌다. 팬레터에 전화번호를 적어 보내면 십중팔구 딕은 전화를 걸었고, 전화료도 자기가 부담했다. 깊이 사귄 여자친구 중 적어도 한 명은 이런 식으로 만났다. 오래가지는 못했지만, 따지고 보면 딕의 이성 관계는 모두 오래가지 못했다.

만약 딕이 세간의 주목과 존경을 갈망했다면, 아마 글을 쓰지 않았을 때 그랬을 것이다. "한 가지 확실한 건 SF 소설을 쓰려면 주위 세계(이를테면 아내와 자식, 물을 줘야 할 뜰의 식물, 전화비 청구서 따위)와 완전히 결별할 필요가 있다는 점이야." 그는 친구에게 보낸 편지에 이렇게 썼다. "하지만 이건 SF 소설뿐만 아니라 모든 소설에 해당되는 얘길지도 모르겠군. 하여튼 간에, 소설을 쓸 때 나는 나의 세계—나의 실재하는 세계—에 사는 것이 아니라 그 소설의 세계 안에서 산다네. 그러다가 다시 실제 세계로 돌아오는 건 정말 힘들어."

따라서 닉은 방치 대상이면서도 방치의 주체였고, 원기 왕성했지만 생전에는 이렇다 할 성공을 거두지 못했다. 그는 자신을 이렇게 묘사했다. "나는 변덕스럽고, 무책임하고, 익살스럽고, 약간은 재치 있고, 우울한 성격에다가 자살적이기까지 하다." 딕은 그의 삶이 그가 마음대로 쓴 책이나 마찬가지임을 지적했다. 딕이 마지막으로 자살을 시도한 때는 1976년이었는데, 미수로 끝났지만 그가 보인 결연함은 실로 놀랄 정도였다. 온갖 알약을 대량으로 삼킨 다음 팔목을 긋고, 차고에 있던 자신의 피아트 스포츠카의 시동을 걸고 앉아 있었던 것이다. 목숨을 건진 그는 한동안 정신병동에 구속되어 있었다. 이 일화는 1981년에 출간된 장편 『발리스』에 자세히 묘사되어 있다. 그는 이렇게 썼다. "신의 긍휼함은 무한하다."

그런 딕이 50세를 넘길 때까지 살면서 그 정도로 많은 작품을 썼다는 사실은 경이롭다고 해도 과언이 아니다. 작가로서 처음 고료를 받고 글을 판 것은 1951년의 일이었다. 어떤 가족이 키우는 개의 시점에서 본 쓰레기 수거인에 관한 단편인데, 소품이지만 현재는 고전의 자리에 올랐다. 딕은 1968년에 출간한 장편 『안드로이드는 전기양의 꿈을 꾸는가?』를 각색한 리들리 스콧 감독의 〈블레이드 러너〉의 원작자로서 유명해지기 직전인 1982년에 사망했다. 〈블레이드 러너〉는 당시 전 세계적으로 히트한 〈스타워즈〉(1977) 이래 SF 대작 영화가 될 것을 기대받았지만 흥행에 실패했다. 그러나 시간이 흐를수록 〈블레이드 러너〉의 평가는 올라갔고, 급기야는 문화 전체에 큰 영향을 끼친 예술 작품으로 간주받기에 이르렀다. 장기적인 관점에서 보면 딕의 명성을 더욱 높였다고 할 수 있을 것이다. 기자들에게 배포된 〈블레이드 러너〉의 두꺼운 보도 자료에서는 원작자인 딕에 관해 선심 쓰듯이 몇 마디 언급하고 지나 갔을 뿐이지만, 할리우드는 그 뒤로도 거듭해서 딕의 원작을 영화화했고, 스티븐 스필버그의 〈마이너리티 리포트〉(2002)와 리처드 링클레이터의 〈스캐너 다클리〉(2006) 같은 인상적인 결과물을 낳았다.

이 모든 성공의 과실은 고스란히 딕의 상속인들에게 돌아갔다. 생전에 딕이 글을 쓴 것은 친구가 필요해서였지만, 빠르게 쓴 것은 돈이 필요했기 때문이었다. 그러나 원고료만으로는 먹고살기 빠듯했기에 그는 다람쥐 쳇바퀴 돌듯이 작품을 양산해야 했다. 싸구려 글쟁이의 모습이 맞다―작품들은 싸구려가 아니었지만 말이다.

"정오 무렵 기상해서 타자기 앞에 앉은 다음 새벽 2시까지 글을 씁니다." 마이크 호델이 진행한 1977년의 라디오 인터뷰에서 딕은 이렇게 말했다. "정오에서 새벽 2시까지 꼬박 집필에만 매달리는 거죠. 신인 작가는 그러는 수밖에 없습니다. 안 그러면 시들어 말라 죽는 수밖에 없으니까요. 그러니까, 작가로 먹고살 작정이라면 1년에 2천 달러로 생존해야 한다는 뜻입니다. 처음 10년은 뒷마당의 돌과 흙과 잡초를 캐 먹는 한이 있더라도 견뎌야 합니다. 그 시간을 견디면 시리얼 같은 인스턴트 아침 식사를 즐길 수 있죠. 그렇게 일하다 보면 집에 전화를 놓을 수 있을 정도로 돈이 생기고, 그런 다음에는 낡아빠진 중고차를 살 여유도 생깁니다. 그 낡아빠진 차의 크랭크를 아침마다 손으로 돌려 시동을 걸고 동네를 돌아다니는 거죠. 그리고 25년이 흐르면, 번듯한 닷지 중고차를 살 여유가 생깁니다. 무려 795달러나 하지만, 라디오가 고장 난 차를요. 솔직히 나보다 슈퍼 계산원이 돈을 더 벌었을 겁니다. 동네에 있는 '트레이더 조' 슈퍼에 갔을 때 계산원과 얘길 나눈 적이 있는데, 나보다 돈을 더 많이 벌더군요. 그땐 정말로 분통이 치밀었습니다. 그럴 만도 했던 게, 그 친구는 갓 취직한 상태였습니다. 경력직도 아니었던 겁니다. 적어도 경력직이었다면 그나마 덜 화가 났을 텐데요. 하여튼 난 이렇게 물었죠. 급료는 얼마나 받습니까? 그러자 시간당 얼마를 받는다 어쩌고 하는 대답이 돌아오더군요. 난 이렇게 대답하는 수밖에 없었습니다. 세상에, 정말 많이 버는군요."

딕은 무명 작가 생활에서 탈피하기 위해 1950년대에 10여 편의 주류 소설을 썼지만 당시에는 내주겠다는 출판사가 없었다(한 권은 1970년대에 출간되었고, 나머지는 거의 모두 사후에 출간되었다). 어차피 그의 정서적 고향은 SF였다. SF 잡지 〈이매지네이션Imagination〉 1953년 2월호를 보라. 지구를 향해 비행접시들을 사출하는 우주선을 그린 표지를 넘기면 'stf'• 분야의 젊은 신인을 소개하는 페이지가 나온다. 그 신인 작가는 자신이 정말로 이 장르를 사랑하며, 그곳에서 편안함을 느낀다는 사실에서 긍정적인 해답을 내놓으려고 고민하는 모습이 역력했다.

〈이매지네이션〉에 실린 이 출사표에서 딕은 13년 전에 〈스터링 사이언스 스토리스Stirring Science Stories〉를 우연히 읽고 SF에 매료되었다고 말하고 있다. "그곳에는 생생하고 창의적인 아이디어들이 있었습니다. 인간이 우주를 가로지르고, 원자 내부로 진입하고, 시간을 여행하는 이야기들이었죠. 상상력에는 한계가 없습니다." 그런 다음 딕은 이렇게 덧붙였다. "나는 stf를 쓰는 것이 즐겁습니다. stf를 쓰는 일은 본질적으로 작가인 나와, 현존하는 우주의 힘들이 우리를 어디로 데려가고 있는지에

•　　　stf는 '사이언티픽션scientifiction'의 약자이며, 당시 사이언스 픽션은 종종 그런 이름으로 불리기도 했다.

대해 나만큼 관심이 많은 독자 사이의 교류이기 때문입니다……. 그런 일을 꾸준하게 계속한다면, 우리가 살아 있는 동안 공립도서관, 나아가서는 학교 도서관에서도 stf 잡지를 읽을 수 있는 날이 올지도 모릅니다."

보헤미안적인 샌프란시스코에서조차도 거의 존경을 받지 못했던 문학 장르의 애호가 입장에서는 크나큰 꿈이었을 것이다. 상당히 유명한 현지 작가 허버트 골드가 사인을 요청한 딕을 위해 파일 카드에 사인을 해준 적이 있었는데, "동료 작가에게"라는 글귀를 덧붙였다고 한다. 딕은 그가 "관대함"이라고 표현한 골드의 이런 행동에 너무나도 감동한 나머지 잉크가 날아가서 읽을 수 없을 때까지 그 카드를 고이 간직했다고 한다. 샌프란시스코는 미국에서 처음으로 페이퍼백 전문 서점인 '시티 라이츠City Lights'가 들어선 곳이기도 했다. 그러나 SF 전문 출판사인 '에이스 북스Ace Books'가 1955년에 딕의 데뷔 장편인 『태양계 복권Solar Lottery』을 출간했을 때, 이 책을 입수하기 위해서는 이 서점에서조차도 특별 주문을 넣어야 했다. 당시 SF가 받던 대접은 포르노그래피와 큰 차이가 없었다.

각기 다른 SF 작가가 쓴 페이퍼백 두 권을 위아래로 뒤집어서 맞댄 독특한 형태의 '에이스 더블' 시리즈를 출간하던 에이스 북스는 각 작품의 길이와 제목과 내용에 대해 엄격한 요구 사항을 고수했고, 딕은 이 사실에 대해 크게 분개했다(편집자이자 딕의 친구였던 테리 카는, "만약 성서가 '에이스 더블'로 나온다면, 구약과 신약은 『혼돈의 주인Master of Chaos』과 『세 개의 영혼을 가진 그것The Thing with Three Souls』으로 제목을 바꿔서 각각 2만 단어 길이의 축약판으로 붙어 나왔을 것이다"라고 농담한 적이 있다). 그러나 딕은 에이스 북스에서 열두 권이 넘는 장편을 냈다. 만약 딕이 조잡한 펄프 종이에 인쇄된 〈이매지네이션〉의 출사표에서, 장래에 무려 열세 권에 달하는 그의 장편들—여기에는 원래 에이스 북스에서 출간되었던 『닥터 블러드머니』까지 포함되어 있다—이 미국 문학의 고전들을 엄선한 명예의 전당인 '라이브러리 오브 아메리카Library of America' 시리즈에 포크너와 멜빌 같은 거인들의 작품과 함께 모셔질지도 모른다는 터무니없는 망상을 늘어놓았다면, 그는 실제보다 훨씬 더 일찍 정신병동에 강제 입원당했을지도 모른다.

이 모든 고립감, 고뇌, 갈망, 그리고 가난함은 딕의 삶을 지옥으로 만들었지만, 그와 동시에 창작의 밑거름이 되어주었다. 딕은 제2차 세계대전 후에 이루어진 번영의 어두운 면을 들여다볼 수 있을 만큼은 주변인이었다. 그의 최고 걸작들—『높은 성의 사내』(1962), 『유빅』(1969), 『파머 엘드리치의 세 개의 성흔』(1964)—은 가히 미국의 오웰이라고 할 만한 완성도를 자랑하며, 영국인이었던 오웰의 가차 없는 절망감에 캘리포니아 특유의 나른한 디스토피아니즘이라고 할 만한 것을 한 움큼 추가한 듯한 분위기를 풍긴다. 유머 감각도 포함해서 말이다.

조지 오웰은 『1984』에서 일종의 텔레비전과 그것을 통해 신호를 보내고 받을 수 있는 기술의 도래와 함께 "개인적인 삶은 종언을 맞이했다"고 묘사했다. "경찰은 모든 시민, 적어도 감시할 가치가 있을 정도로 중요한 모든 시민을 24시간 내내 감시하에 두고 공식적인 정치선전을 듣게 할 수 있었다. 다른 통신 채널들을 모두 차단한 상태에서 말이다."

딕이 묘사하는 세계에서는 경찰을 기업과 분리하거나 국가의 정치선전을 자본주의의 그것과 구분하는 일 자체가 쉽지 않다. 혹은 그들 모두가 우주에서 온 외계인일 수도 있다. 딕의 소설에서 체제는 시민을 탄압하는 것(오웰의 정부가 "인간의 얼굴을 영원히 군화 신은 발로 짓밟듯이")보다는 누가 보스인지를 각인시키고 한 푼이라도 더 착취하는 쪽에 관심이 있는 것처럼 보인다. 『유빅』의 돈에 쪼들린 주인공 조 칩이 그의 조합 아파트, 그러니까 그의 집을 설득하려고 하는 장면에서 극명하게 묘사되었듯이 말이다.

문은 열리려고 하지 않았고, 대신 이렇게 말했다. "5센트 넣어주십시오."

조는 호주머니를 뒤졌다. 더 이상 동전이 없다. 단 한 닢도. "내일 낼게." 그는 문에게 말했다. 다시 손잡이를 돌려보았지만, 여전히 굳게 잠겨 옴짝달싹하지 않는다. "문을 열 때 내는 건 일종의 팁이잖아. 꼭 내야 하는 게 아냐."

"저는 그렇게 생각하지 않습니다." 문이 말했다. "이 조합 아파트를 구입하셨을 때 서명한 계약서를 다시 읽어보시죠."

계약서는 책상 서랍 안에 있었다. 그것에 서명을 한 이래 이미 여러 번 참조해볼 필요가 있었기 때문이다. 역시 상대방 말이 옳았다. 현관문을 여닫을 때 내는 돈은 의무적인 요금이지, 팁이 아니었다.

"제 말이 옳았죠." 현관문이 말했다. 우쭐한 말투였다.

싱크대 옆의 서랍에서 조 칩은 스테인리스강 식칼을 꺼냈다. 그는 그것을 써서, 돈을 먹는 현관문의 개폐 장치를 고정한 나사를 하나씩 돌려 빼기 시작했다.

"고소할 겁니다." 첫 번째 나사가 풀리자마자 문이 말했다.

조 칩은 대꾸했다. "문한테 고소당한 적은 아직 없군. 하지만 난 그 정도는 극복할 수 있을 거야."

덕은 같은 세대의 그 어떤 SF 작가들보다도 기계가 단순한 주인 또는 도구가 아니라 그 양쪽인 미래를 정확하게 예측했다. 2013년에 에드워드 스노든이 미국 정보기관의 무차별적인 통신 감청을 폭로한 이후, 인터넷에서 광범위하게 유포된 인용문으로 인해 덕은 예언자로 칭송받기에 이르렀다. "장래에는 '그들이 내 전화를 도청해서 나를 감시하고 있어'라는 표현 대신에 '내 전화가 나를 감시하고 있어'라는 표현이 쓰이게 될 것이다." 이 글은 현재 우리가 도달한 미래—과학기술이 당신의 인터넷 활동을 감시해주는 덕에 두루마리 화장지가 떨어지면 쉽게 주문할 수 있는—를 완벽하게 요약해주고 있다고 해도 과언이 아니다. 그러나 이 인용문의 출처는 덕이 아니다. 바꿔 말해서, 위의 인용문은 그의 신념을 정확하게 반영하고 있기는 하지만 덕이 정말로 그런 말을 한 적은 없다는 뜻이다. 덕 본인은 이런 아이러니를 되레 흡족해했을지도 모르지만 말이다. 진짜 같은 가짜라니 멋지지 않은가.

덕이 창조한 우주의 기계들은 사람을 위로할 능력도 가지고 있다. 표면적으로는 은하계를 양분하는 두 개의 슈퍼파워 외계 종족들 사이에서 벌어지는 투쟁을 다룬 장편 『작년을 기다리며』(1966)의 마지막 장면에서, 주인공인 의사 에릭은 그가 올라탄 택시에게 조언을 구한다.

> 에릭은 택시를 향해 느닷없이 질문했다. "만약 네 아내가 병에 걸렸다면—"
> "제겐 아내가 없습니다, 손님." 택시가 대답했다. "자율 기능 기계는 결코 결혼하지 않습니다. 어린애라도 알고 있는 일입니다."
> "사실이야." 에릭도 동의했다. "그럼 네가 나라고 가정해봐. 네 아내가 병, 그것도 치유 가능성이 전혀 없는 중병에 걸렸다면 넌 그

런 아내를 두고 떠나겠어? 아니면 곁에 머무르려고 하겠어? 설령 10년 뒤의 미래로 가서, 아내가 입은 뇌 손상은 절대로 회복될 수 없다는 사실을 확인한 뒤에도 그럴 거야? 그럴 경우 곁에 있어준다는 행위는—"

"무슨 뜻인지 알겠습니다." 택시는 에릭의 말을 끊었다. "자기 인생을 포기하고, 평생 그분을 간호한다는 의미겠죠."

"맞아." 에릭은 말했다.

"저라면 함께 있어주겠습니다." 택시는 단언했다.

"왜?"

"왜냐하면 인생은 그런 식으로 구성된 현실로 이루어져 있기 때문입니다. 아내를 저버린다는 행위는, 나는 그런 현실을 견딜 수가 없어, 나만의 특별히 쉬운 상황이 아니면 살아갈 수가 없어, 하고 말하는 것과 마찬가지입니다."

택시의 이런 단호한 대답에 마음이 움직인 에릭은 아내와 함께 있으려고 결심하고, 소설은 이 대목에서 조용히 끝난다.

딕의 모든 소설이 이렇게 웅변적인 것은 아니다. 그의 소설은 무계획적이었고, 뛰어난 부분과 고르지 못한 부분이 뒤섞여 있었다. 줄거리는 종종 버벅거렸고, 인물 조형은 뻣뻣한 경우가 많았던 데다가 마지막 소설들을 쓸 때까지도 여성의 묘사에는 애를 먹었다. 그러나 당시에 딕이 받던 선급금은 대략 1500달러 정도였다. 그걸 가지고 뭘 요구할 수 있단 말인가? 현재 열렬한 딕 애호가라면 『파머 엘드리치의 세 개의 성흔』이나 『안드로이드는 전기양의 꿈을 꾸는가?』의 상태가 좋은 초판을 손에 넣기 위해 그보다 훨씬 더 많은 액수를 기꺼이 지불할 것이다. 이

또한 작품과 작가에 대한 평가가 사후에 얼마나 크게 치솟았는지를 보여주는 증거다.

딕의 가장 열성적인 팬들 대다수가 그랬듯이, 내가 그의 작품을 발견한 것은 현실 부정 욕구에 사로잡혀 있던 십대 시절의 일이었다. 나는 잔디를 깎아서 힘들게 번 7달러를 『흘러라 내 눈물, 경관은 말했다』(1974)의 신간을 사는 데 썼고, 아래와 같은 문장을 홀린 듯이 탐독했다.

> 당신이 누군가를 사랑하더라도 그들은 결국 떠나버려. 어느 날 집에 돌아와서 그들이 짐을 싸는 걸 본 당신은 '무슨 일이야?'라고 물어. 그럼 그들은 '다른 데서 더 좋은 제안을 받았거든'이라고 대답해. 그런 다음 당신의 삶에서 영원히 떠나버리는 거지. 그 뒤로 당신은 죽을 때까지 그 커다란 사랑을 짊어지고 다녀야 해. 그걸 줄 사람이 아무도 없거든. 혹시 그 사랑을 줄 만한 누군가를 발견한다고 해도, 결국은 예전과 똑같은 일이 다시 반복될 뿐이야.

감상적이고 신랄한 이 문장은 낭만파 시인과 편집증적인 스토커를 합친 듯한 인상을 주었고, 당시 열네 살이었던 나의 심금을 울렸다. 최상의 딕은 J. D. 샐린저나 릴케 못지않게 예민하고, 꾸밈없는 글로 독자의 심장을 직격한다. 그의 마지막 장편소설인 『티모시 아처의 환생』(1982)의 첫 문장을 읽어보자.

> 베어풋은 소살리토에 있는 하우스보트에서 맨발로 세미나를 진행한다. 그는 100달러를 내면 우리가 이 지구에서 태어나 살아가는 이유를 가르쳐주겠다고 했다. 샌드위치도 제공되지만 그날 나

는 배가 고프지 않았다. 존 레논이 방금 살해됐다는 소식을 듣고, 우리가 여기서 태어난 이유를 이제 알 것 같다는 생각이 들었기 때문이다. 내가 여기서 태어난 이유는 저 위에서 벌어진 착오, 그 것도 고의가 아닌 단순 착오에 의해서 내가 가장 사랑하는 것들을 언제든 빼앗길 수 있다는 사실을 깨닫기 위해서였다.

여기서도 역시 희생자 의식이라고 할 만한 것이 눈에 띈다. 자기 삶을 통제하는 대신, 외부의 누군가에게 휘둘린다는 느낌 말이다. 그러나 우리가 의문을 품어야 하는 대상은 국가와 인간의 유한함뿐만이 아니다. 딕은 우리의 적은 우주 그 자체라고 말하고 있는 것처럼 보인다. 존 레논은 『파머 엘드리치의 세 개의 성흔』을 읽고 큰 감명을 받은 나머지 영화화하기를 원했을 정도였지만, 생전의 딕은 비트족이나 히피 운동이나 카운터컬처와는 아무런 관계도 없었다. 그러나 딕은 권위에 대해 끊임없이 의문을 제기하려는 이들과 열정을 공유하고 있었다. 〈타임〉에 보낸 편지에 이렇게 쓴 적도 있다. "허먼 워크의 소설 『케인호의 반란The Caine Mutiny』을 읽고 독자인 내가 받은 메시지는 하나, 믿어라! 둘, 일해라! 셋, 죽어라! 딱 이 세 가지였다. 이런 걸 어떻게 메시지라고 할 수 있을까."

딕이 독자들에게 보낸 메시지는 '믿지 말아라!'였다. "우리는 지극히 유능한 사람들이 지극히 정교한 전자기기들을 써서 만들어내는 유사 현실들의 폭격을 받으며 살고 있다." 그는 이렇게 썼다. "나는 그들의 동기를 불신하는 것이 아니라, 그들이 가진 힘을 불신한다. 그들은 큰 힘을 가지고 있기 때문이다. 게다가 그것은 경악스러운 종류의 힘이다. 여러 우주를 통째로 창조하고, 여러 개의 마음의 우주들을 창조하는 힘이기 때문이다. 내가 그것을 아는 것은 당연하다. 나도 그들과 똑같은 일을 하므로."

딕은 많은 우주를 창조할 수 있었을지도 모르지만, 그에게 이 우주에서 살아가는 것이 쉽지 않았다는 점은 명백하다. 그 자신도 SF 작가인 찰스 플랫은 1979년에 딕을 인터뷰한 후 친구 자격으로 다시 그를 방문했다. 플랫은 그와 SF 작가들과의 인터뷰를 모은 '드림 메이커스Dream Makers' 시리즈(스테어웨이 프레스)의 최신판에서 쉰 살을 갓 넘긴 작가 딕의 초상을 생동감 있게 그려냈다.

> 샌타애나에 있는 딕의 아파트의 우중충한 거실(여기저기에 서류 더미가 쌓여 있고, 고양이 화장실 모래 냄새가 코를 찌르고, 몇 년 동안 진공청소기가 닿은 적이 없는 듯한 허름한 양탄자가 깔린)에 죽치고 앉아 있는 일에 넌더리가 난 나는 근처의 술집이나 커피숍으로 가서 얘기를 나누면 어떻겠느냐고 제안했다. 그 무렵 나는 필을 친구로 여기고 있었고, 그도 나를 친구로 대했다. 그가 대부분의 방문자를 그런 식으로 따스하게 환대함으로써 그들이 바로 그런 인상을 받도록 부추긴 것이 아닌가 하는 의구심을 가지고 있었지만 말이다.
>
> 밖으로 나가자고 제안하자마자 딕은 신중해졌다. 우선 그는 지갑에서 신용카드들을 꺼내고 약간의 현금만 남겨두었는데, 혹시 우리가 강도를 당할 경우에 대비하기 위해서였다. 그런 다음 그는 한동안 어디로 갈지 주저하고, 고민했다. 마침내 보도로 나가 걷기 시작했을 때 그는 긴장한 투가 역력했다.
>
> 우리는 1970년대에는 카운터컬처의 소굴이었지만 지금은 불경기

의 직격탄을 맞은 듯해 보이는 술집으로 갔다. 실력이 형편없는 두 명의 기타리스트가 음악을 연주하고 있었는데, 우리가 자리에 앉자마자 그들은 버펄로 스프링필드의 〈여기에서 뭔가 일어나고 있어There's Something Happening Here〉를 연주하기 시작했다.

"맙소사." 필이 말했다. "하필 내가 정말로 싫어하는 노래를."

사실, 마치 그를 위해 쓴 듯한 가사였다. "총을 든 남자가 저기 있어/ 나더러 경계하라고 말하고 있어". 기타리스트들이 노래했다. 그리고 이어지는 후반부는 이러했다. "편집증은 깊숙이 뿌리를 내리고/ 너의 삶으로 몰래 기어 들어오지".

딕은 먼지투성이의 자기 아파트로 돌아온 뒤에야 마음이 놓인 기색이었다. 그는 이 조합 아파트의 관리 위원 중 한 명으로 임명되었다고 플랫에게 말했다. 아무리 온건한 조직이라고 해도 권위라면 학을 떼던 사내였다는 것을 감안하면 기이한 운명의 장난이라고나 할까. "농담이 아냐." 딕은 짐짓 진지한 어조로 플랫에게 말했다. "여기선 내가 곧 법이라고."

현실을 자기편으로 만들고 싶다면 기성 체제의 일원이 되는 것도 하나의 방편이기는 하다. 당시 생의 끝자락에 가 있었던 딕은 예전처럼 존재의 본질을 알아내려고 기를 쓰기보다는 그 불가해한 본질의 영향을 받지 않는 철학을 구축하는 쪽에 더 관심을 쏟고 있었다. "연료를 가득 채운 반짝거리는 새 차를 떠올려보게." 전기작가인 로런스 수틴이 인용한 짧은 대화에서 딕은 이렇게 말했다. "다음 날이 되면 그 차는 첫날에 비하면 좀 닳고, 가득 채웠던 연료도 줄어들어 있을 거야. 이것도 엔트로피의 한 예라고 할 수 있지? 물건은 닳기 마련이고, 우주도 쇠퇴하기 마련이네. 하지만 그 차는 구급차였고, 다 죽어가던 사내를 병원으로 옮겨 살려내는 과정에서 닳았던 거였어. 그 경우는 손해가 아니라 이익으로 봐야 하지만, 그런 판단은 오직 그 차 너머의 상황을 보아야만 깨달을 수 있는 법이지."

『파머 엘드리치의 세 개의 성흔』의 첫머리에 실린 제명題銘은 작중에서 주인공 중 한 명인 레오 뷸레로가 쓴 것으로 되어 있다. 이것은 뷸레로가 이 소설의 제목에 등장하는 파머 엘드리치(신일 수도 있고, 악마일 수도 있으며, 프록시마 항성계에서 온 외계인일 수도 있지만, 또한 현실을 변용하는, 저항하기 힘든 마약을 가지고 온 노련한 기업가이기도 한)와 투쟁을 벌이면서 부하들에게 남긴 메모의 일부다.

> 그러니까, 결국 인간은 흙으로 빚은 존재에 불과하다는 걸 염두에 둬야 해. 애당초 근본부터가 그 모양이었으니 크게 기대할 게 없다는 뜻이야. 하지만 그걸 감안한다면, 바꿔 말해서 시작이 그렇게 미천했던 것치고는, 그럭저럭 잘해왔다고 봐야 해. 따라서 우리가 지금 직면한 이 중대한 위기조차도 결국은 타개할 수 있다는 게 나의 개인적인 신념일세. 무슨 뜻인지 알겠지?

한 개인의 좌우명으로서는 세련되었다기보다 거칠고 즉흥적이라는 인상이 앞서기는 하지만, 바로 그 사실이 그것을 읽는 사람의 심금을 울리는 것이리라. 내가 보기에 레오의 메모는 "인간은 단지 인고할 뿐만 아니라 승리할 것이다"라는 포크너의 말과 비견되는 명언이다.

딕의 반응을 끌어내는 것은 어렵지 않았다. 그는 암페타민 알약을 연료 삼아 불과 몇 주 만에 장편을 하나 쓸 수 있었고, 밤새도록 깨어 있을 수 있었다. 1974년에 신비체험을 한 뒤에는(이 체험은 가벼운 발작에 의해 유발되었을 수도 있다) 그것을 묘사하기 위해 몇백만 단어를 쏟아부었다. 그와 인터뷰를 할 때는 딱히 질문할 필요조차도 없었다. 내버려둬도 이야기하기 시작했기 때문이다. 디즈니랜드에서 프랑스의 TV 방송국과 인터뷰를 한 적도 한 번 있었는데, 빙빙 도는 티컵 놀이 기구 안에 앉아서 파시즘의 대두를 논하고 후크 선장의 해적선 위에서 워터게이트 스캔들에 관한 의견을 피력했다. 딕의 세 번째 아내이자 그에 관해 유용한 회고록을 냈던 앤은 이렇게 말했다. "필립은 세 치 혀만으로도 나무에 앉아 있던 새들을 떨어뜨려서 파이에 넣고 구울 수 있었어요."

그런 딕에게 인터뷰를 제안한 사람들이 얼마 안 된다는 사실은 매우 유감스럽고, 이해하기도 힘든 일이다. 현존하는 인터뷰들은 거의 모두가 마지막 10년 동안에 이루어졌고, 그의 대표 장편 대다수가 출간된 1960년대의 인터뷰는 실질적으로 전무하기 때문이다. 그 결과 이 책에 기록된 인터뷰들은 1970년대에 있었던 사건과 이야기들에 과도하게 집중되어 있을 수도 있다. 1971년, 베이 에어리어에 살던 그의 자택에 누군가가 침입해서 내부를 박살 내고 서류를 훔쳐간 사건처럼 말이다(이는 실로 딕스럽다고밖에 할 수 없는 사건이었다. 침입자들은 끝내 잡히지 않았고, 사건 자체가 자신의 피해망상이 실은 망상이 아니라는 사실을 증명하고 싶어 하던 딕이 벌인 자작극이었을 수 있다는 이야기까지 나왔기 때문이다. 자작극이 아니라면, 적어도 그런 일이 일어나도록 조장했다고 말이다). 딕이 신비체험을 한 것도 이 시기의 일인데, 처음에는 그것에 관해 언급하기를 주저했지만 나중에는 하지 말라고 해도 도무지 얘기를 멈추지 않고 봇물처럼 쏟아냈다. 영화 〈블레이드 러너〉 역시 단골 소재였는데, 개봉 전에 작고한 탓에 딕은 완성된 버전을 끝내 보지 못했다.

이 책에 실린 그런 인터뷰들—그중 일부는 원래 출간된 형태를 편집하고 증보한 것이다—을 읽는 독자들은 어느 정도 신중한 태도를 유지할 필요가 있다. 그의 전기작가들이 곧잘 지적했듯이 딕은 신뢰할 수 없는 증인이었기 때문이다. 특히 아내나 여자친구들, 출판사들과의 거래, 당국과의 대립 따위에 관해 논할 때는 특히 그런 경향이 강했다. 아니, 거의 모든 일에 관해 그런 식이었다고 해야 할 것이다. 본인도 그 사실을 알고 있었다. "작가, 소설가가 늘어놓는 말은 언제나, 반드시 사실과 대조해볼 필요가 있어." 그는 시인했다. "모름지기 소설가라면 한 입으로 두말하기 마련이거든."

사실은 잊어도 좋다. 이 인터뷰들은 딕의 진짜 목소리를 기록한 것이기 때문이다. 기지가 넘치고, 언제나 의심하고, 때로는 웃기기까지 한 그의 목소리를. 폴 윌리엄스와의 인터뷰에서, 어떤 경찰관의 주의를 끌지 않으려고 노력하다가 되레 점점 수상쩍어졌다고 말했을 때처럼 말이다. 물론 그 경찰관은 애당초 딕에게 관심조차 없었다.

황량했던 무명 시절도 거의 끝나가고 있었다. 1981년 7월, 중년의 중간 지점에 도달한 시점에서, 삶에 지치긴 했지만 개봉을 앞둔 〈블레이드 러너〉의 성공이 더 많은 독자와 더 나은 기회들을 가져다줄지도 모른다는 희망으로 크게 고무되었던 그는, 출판 대리인에게 보낸 편지에 이렇게 썼다. "내 인생의 완전히 새로운 국면이 시작되고 있어." 그로부터 1년도 채 되지 않아 그는 죽었다. 그가 진정한 명성을 떨치기 시작한 것은 이때부터였다.

데이비드 스트레이트펠드

차례

나는 소설에서 영웅이 아닌 보통 사람이
엄청난 용기를 발휘하는 순간을 묘사하면서
가장 큰 기쁨을 느낀다네.

1960년대 초반,
필립 K. 딕의 젊은 시절
(© Creative Commons)

유명 작가 탐방

읽고 쓰기: 버클리고등학교의 졸업생인 필립 K. 딕(26)은 1951년에 과학소설을 읽고, 백만 명에 달하는 다른 SF 독자들과 마찬가지로 "난 이것보다 더 나은 걸 쓸 수 있어"라고 중얼거렸다. 그러나 999,999명의 동료 독자들과는 달리 그는 자기 말을 실행에 옮겼다. 딕은 그로부터 세 달도 채 지나지 않아 70편에 달하는 단편을 잡지에 팔았다. 1955년 현재 『한 줌의 어둠A Handful of Darkness』이라는 제목의 장편이 영국에서 양장본으로 출간될 예정이며, 미국에서는 장편 『퀴즈 마스터가 다 가져간다Quiz Master Take All』*가 가을에 페이퍼백으로 출간될 예정이다. 딕의 전문 분야는 과학소설과 판타지인데, 그는 버클리의 프랜시스코가 1126번지에 있는 자택에서 새벽까지 집필하다가 늦잠을 자는 습관이 있다. 딕이 단편 「전시품Exhibit Piece」을 잡지 〈이프If〉에 게재한 후 독자들의 항의 편지가 쇄도했던 것은 바로 그 탓이다. 이 단편에는 "아침 일찍 기상하는" 비즈니스맨 주인공이 다름 아닌 〈트리뷴The Tribune〉을 흔들어 보이

이 칼럼은 1955년 1월 10일 자 〈오클랜드 트리뷴Oakland Tribune〉에 실렸다.

* 이후 『태양계 복권』으로 제목을 바꾸어 출간했다.

는 대목이 있기 때문이다. "정말이지 한심한 실수였습니다." 딕은 겸연쩍게 말했다. "창피도 그런 창피가 없었죠. 저는 정오를 넘긴 뒤에야 일어나는 습관이 있어서, 〈트리뷴〉이 조간신문일 거라고 지레짐작했던 겁니다." 하지만 필 딕의 로봇 푸트란과 학습용 스풀과 시간의 문 따위°에 대한 묘사는 최대한 정확하니까 걱정할 필요는 없다. 필 딕은 씩 웃으며 보장했다…….

°　　　　로봇 푸트란? 학습용 스풀? 이 익명의 칼럼니스트가 무슨 소리를 하고 있는지 도무지 모르겠다.

신산한 진실

SF는 지금은 사실이 아닐지라도
언젠가는 사실이 될지도 모르는 이야기를 다룬다네.
그걸 모르는 SF 독자는 없지!

커버   거의 모든 SF 작가가 어떻게 해서 SF에 빠지게 되었는지에 관한 그럴듯한 일화를 이야기합니다만, 필립, 당신의 경우는 어떻습니까?

딕   잡지 〈파퓰러 사이언스Popular Science〉를 사려고 드럭 스토어에 갔는데, 다 팔리고 없더군. 그때 매대에서 〈스터링 사이언스 픽션〉인가 뭔가 하는 잡지가 눈에 띄었네. 빌어먹을, 제목도 비슷하니 이거라도 살까, 하고 생각했던 거야. 적어도 〈너스

이 인터뷰는 1974년 2월호 〈버텍스Vertex〉에 실렸다. 인터뷰어 아서 바이런 커버Arthur Byron Cover는 『가을의 천사들Autumn Angels』 『종말의 오리너구리와 그 밖의 허무주의자들The Platypus of Doom and Other Nihilists』 등의 소설을 쓴 작가다.

로맨스 스토리스^{Nurse Romance Stories})보다는 과학적으로 보였으니까 말이야. 그래서 그걸 산 뒤 집으로 가서 읽었지.

커버   그 잡지의 뭐가 마음에 들었나요?

딕   흠, 거기 실린 작품들이 너무 치졸했던 탓에 지금에 와서 보면 도저히 진지하게 받아들이기 힘들 정도라고 해야 할까. 당시엔 그런 걸 뭐라고 불렀는지 아나? 유사 과학^{pseudo-science}이라고 했다네! 과학에 관한 소설이기는 했지만 진짜로 과학을 다루지는 않는다는 뜻이야. 물론 그런 건 무의미하지만 말이지. 우주의 중심을 찾는다는 줄거리의 작품이 기억나는군. 거기서 우주는 시야가 닿는 한 까마득하게 펼쳐진 평면이나 마찬가지였어. 이제 난 그게 사실이 아니라는 걸 알고, 우주의 중심으로 날아가는 로켓을 건조한 사람 따위가 없다는 것도 알아. 하지만 당시엔 진짜처럼 읽히더라고. 그 한심한 단편을 끝까지 읽은 걸 보면 당시부터 내겐 불신을 유예할 수 있는 강력한 능력이 있었던 것 같아.

커버   정말로 그런 식의 이야기도 현실적일 수 있다고 느꼈던 겁니까?

딕   SF를 읽을 때는 판타지와 다른 종류의 불신의 유예가 필요해진다네. 판타지를 읽는 독자는 현실에서 트롤, 유니콘, 마녀 따위가 존재한다고 믿어버리지는 않아. 하지만 SF는 지금은 사실이 아닐지라도 언젠가는 사실이 될지도 모르는 이야기를 다룬다네. 그걸 모르는 SF 독자는 없지! 그리고 특정한 부류의 사람들은 SF를 읽으면서 아주 기묘한 느낌을 받기 마련이라네. 지금 읽고 있는 이야기가 현실에서 일어난 일이고, 자기는 단지 시간적으로만 거기에서 격리되어 있다는 느낌을 말이야. 마치 모든 SF 소설은 미래의 대체 우주에서 일어난 이야기이기 때문에 언젠가는 실제로 일어날 수도 있다는 식이지.

커버　　당신에게 가장 큰 영향을 끼친 SF 작가들은 누구입니까?

딕　　SF를 읽기 시작한 건 열두 살 때부터였는데, 눈에 띄는 대로 닥치는 대로 읽었으니 당시 작품을 발표하던 작가들은 아마 모두 해당되겠지. 하지만 나를 이 분야로 끌어들인 작가가 A. E. 밴보트•라는 점에는 의심의 여지가 없네. 밴보트의 작품에는 신비감이랄까, 뭔가 불가사의한 분위기가 있는데, 『비非-A의 세계The World of Null-A』는 특히 그런 느낌이 강했어. 그 책의 모든 부분이 아귀가 맞는 건 아니었고, 모든 구성 요소가 논리 정연하게 들어맞는 것도 아니었어. 그런 걸 불쾌해하는 독자들도 있지. 엉성하고 부정확하다고 말이야. 하지만 난 밴보트의 그런 부분에 완전히 매료됐고, 내 입장에서 SF든 다른 문

•　　Alfred Elton van Vogt. 미국 SF의 황금시대를 일군 캐나다 출신의 SF 작가. 대표작으로 『슬랜Slan』(1946), 『우주선 비글호의 모험The Voyage of the Space Beagle』(1950) 등이 있다.

학 장르든 간에 밴보트만큼이나 현실적이었던 건 없었어.

커버 그럼 데이먼 나이트•가 밴보트를 비판한 유명한 글에 관해서
는 어떻게 생각하십니까?

딕 데이먼은 사람들이 마술처럼 마루를 뚫고 떨어지는, 그런 멋
들어진 우주를 만들어내는 게 예술적이지 못하다고 느끼는
거겠지.
자기 집을 지었을 때 하자가 없는지 꼼꼼히 준공 검사를 하듯
SF 소설을 보고 있다고나 할까. 하지만 결코 질서 정연하지
않고 뒤죽박죽인 게 현실이야. 그래서 흥미로운 거겠고. 기본
적으로는 당사자가 얼마나 혼돈을 두려워하는지에 달려 있는
게 아닐까? 또 얼마나 질서를 선호하는지에? 내가 밴보트에
게 받은 영향은 너무나도 커서, 난 우주의 신비롭고 혼돈스러
운 측면을 두려워하지 않고 오히려 즐기게 되었다네.

커버 SF 문단이 큰 변화를 겪을 때마다 사람들은 이 장르가 마침
내 성숙해졌다고 주장하곤 합니다. 딕, 당신은 SF가 언젠가는
정말로 성숙해질 거라고 믿습니까?

딕 성숙해지다니, 그게 무슨 뜻이지?

• Damon Knight. 20세기 미국의 SF 작가, 평론가, 편집자.

커버   문학적으로 성숙해져서, 철학적인 사유를 품는다든지요.

딕   중후해진다?

커버   프란츠 카프카처럼 말이죠.

딕   독자가 생각하게 만드는 소설 말이군. 독자에게 영속적인 영
향을 끼치는 그런 소설들 말이야. 읽은 뒤에는 예전과는 다른
사람이 되는 소설.

커버   그렇습니다.

딕   반드시 그렇게 될 거야. 확실해. 당장 예를 들자면 토머스 디
시•의『캠프 콘센트레이션Camp Concentration』이 떠오르는군. 그
걸 다 읽고 나니 나는 예전과는 다른 사람이 되어 있었지. 성
숙한 SF 문학이란 바로 그렇게 정의될 수 있을 거라고 생각
하네. 독자들을 성숙하게 만드는. 이를테면 스타인벡의『생쥐
와 인간』을 한번 읽으면 다시는 예전의 나로 돌아갈 수 없는
것처럼. 그렇다고 해서 정보를 제공함으로써 독자를 교육한
다거나 진지하기만 해야 한다는 건 아닐세. 얼마든지 웃길 수
도 있으니까 말이야. 아리스토텔레스가 말한, 비극을 통한 카
타르시스에 가깝다고나 할까.『캠프 콘센트레이션』은 언제나

•   Thomas M. Disch. 미국의 SF 작가이자 문학평론가.

똑똑하게 굴어야 한다는 마음의 짐을 내게서 덜어줬다네. 이런 종류의 예술 작품은 알게 모르게 물려받은 마음의 짐을 내려놓아도 좋다는 허가를 독자에게 주는 것 같다는 생각이 들어. 그 부분에 대해서는 더 이상 이러쿵저러쿵할 필요조차 느끼지 않을 정도야. SF가 그런 잠재력을 가지고 있다는 점에는 의심의 여지가 없네. 그런 효과를 발휘할 수 있고, 실제로 발휘하니까 말이야.

커버   현재의 SF 문단에 대해서는 어떻게 생각하십니까? 좋다, 나쁘다, 아니면 별 관심이 없다든지요?

딕   엄청나게 재능 있는 작가들이 두각을 나타내고 있다고 생각하네. 슬레이덱*, 맬츠버그**, 디시 같은 작가들이. 내가 정말로 좋아하는 작가, 이를테면 어슐러 K. 르 귄 같은 작가는 쉽게 얘기할 수 있는 작가가 아니고, 그 탓에 난 특정 작가들을 논하는 건 별로 좋아하지 않아. 멍청한 팬들이 "우와 대단해!"라고 환호하는 것과 별 차이가 없는 것 같아서 말이야. 최근 SF로 데뷔하는 작가들의 수준은 옛 작가들보다 훨씬 높은 경우가 종종 있더군. 칩 딜레이니*** 처럼. 옛날엔 우리 중에서

---

*   John Sladek. 풍자적이고 초현실적인 작풍으로 잘 알려진 미국의 SF 작가.

**   Barry N. Malzberg. 미국의 SF 및 판타지 작가. 카프카를 연상시키는 부조리한 설정을 즐겨 사용했다.

***   새뮤얼 R. 딜레이니를 가리킨다.

제대로 글을 쓰는 사람은 단 한 명, 레이 브래드버리밖엔 없었지. 신에 맹세컨대 브래드버리가 유일했어. "우리는 왜소한 인간에 불과하지만, 거인의 어깨에 올라탔기 때문에 거인들보다 더 많은 것들을 볼 수 있다"는 중세의 격언이 생각나는군.

커버   방금 언급한 작가들 대다수보다 10년은 더 오래 글을 써온 입장에서 혹시 질투심은 안 느끼시나요?

딕   신인 작가가 쓴 SF가 내 글보다 훨씬 더 낫다고 느낀다고 해서 내가 낙담하고 "하느님 맙소사, 난 이제 한물간 구닥다리가 됐군. 이제 다 끝났어," 뭐 이럴 것 같나? 정말로 그런 작가를 만난다면 엄청난 환희를 느낄 걸세. 그럴 경우 빌어먹을 걸작 SF 소설을 나 혼자서 다 쓸 필요가 없어졌다는 얘기고, 나를 대신해서 대의를 걸머질 누군가가 나타났다는 얘긴데 어찌 기쁘지 않을 수 있겠나. 내가 더 이상 신작을 쓰지 않더라도 SF가 발전할 것이라는 확신이 생긴다면, 벽에 다리를 기대고 안도의 한숨을 내쉴 걸세.

난 글 쓰는 게 좋네. 정말로 좋아하지.
난 내가 창조한 등장인물들을 사랑하거든.
그들 모두가 내 친구였어.

커버   SF를 쓴다는 행위에서 얻을 수 있는 개인적인 보상에 관해서 얘기해보기로 하죠. 재정적인 보상이든, 그 밖의 것이든 말입니다. 작가로 살아오면서 SF 출판계에서 합당한 대우를 받았다고 생각하십니까?

딕   처음에 얘기한 그 재정적인 보상에 관해 얘기하고 싶군. 1959년에 양장본으로 출간된 나의 첫 장편 『어긋난 시간Time Out of Joint』의 선인세는 750달러였네. 내 에이전트는 이 사실에 흥분한 나머지 전보로 내게 그 기쁜 소식을 전하기까지 했어. 그건 정말 옛날 옛적 얘긴데, 우리 SF 작가들은 지금도 대공황 시절 길모퉁이에서 사과를 팔아 버는 액수와 별반 차이 없는 액수를 받고 있어. 아서 C. 클라크 같은 예외도 있지만 말이야. 출판업자들은 이렇게 말하고 있다네. "너네의 책들을 내주는 것만으로도 고마운 줄 알아. 인쇄 비용을 따로 받을 수도 있었어." 작가들이 받는 돈은 정말 쥐꼬리 같아서, 비인간적이라고 해도 될 정도야. 정말 수치스러운 일이지.

커버   재정적인 부분은 그렇다 하더라도, 작가로서의 삶은 만족스러웠습니까?

딕   난 글 쓰는 게 좋네. 정말로 좋아하지. 난 내가 창조한 등장인물들을 사랑하거든. 그들 모두가 내 친구였어. 책을 탈고하면 상실감으로 인해 우울증에 빠질 정도라네. 다시는 그 친구들의 말을 들을 수 없고, 다시는 그 친구들이 고투하고, 역경에 맞서 싸우는 걸 볼 수 없다는 사실을 절감하니까 말이야. 소설을 탈고한다는 건 친구들을 영영 잃어버리는 것과 마찬가지야. 작가는 자기 책을 처음부터 다시 읽거나 하진 않으니까. 하지만 다른 사람들이 읽어줄 테니 그걸 위안으로 삼아야겠지.

커버 글을 쓰고 등장인물들을 창조하는 걸 좋아하는 이유가 뭔가요?

나는 소설에서 영웅이 아닌 보통 사람이
엄청난 용기를 발휘하는 순간을 묘사하면서
가장 큰 기쁨을 느낀다네.

딕 작가가 얼마나 고독한 존재인지는 그리 잘 알려져 있지 않네. 글쓰기는 고독한 작업이지. 소설을 쓰기 시작할 때는 가족과 친구들에게서 스스로를 격리해야 하거든. 하지만 그런 행위는 역설적으로 내가 느끼는 고독감을 덜어준다네. 소설을 쓰면서 새로운 친구들을 창조하니까 말이야. 따라서 내가 소설을 쓰는 이유는 현실 세계에서 내게 위안을 주는 친구들의 수가 충분하지 않기 때문이라고 해야 하겠군. 나는 소설에서 영웅이 아닌 보통 사람이 엄청난 용기를 발휘하는 순간을 묘사하면서 가장 큰 기쁨을 느낀다네. 설령 그가 아무런 보상도 얻지 못하고, 현실 세계에 아무런 파문도 남기지 못한다고 해도 말이야. 따라서 내가 쓰는 소설은 그의 용기에 대한 찬가라고 할 수 있겠지. 작가는 작품을 통해 불멸의 명성을 얻고 싶어 한다고 생각하는 사람들이 많지만, 나는 아냐. 난 독자들이 작가인 내가 아니라 『높은 성의 사내』에 등장하는 타고미 씨를 영원히 기억해주기를 원하네. 내가 창조한 인물들은 내가 현실에서 직접 관찰한 사람들의 행동의 혼합물이고, 그들은 오직 내 책을 통해서만 기억될 수 있으니까.

커버   할런 엘리슨이 편찬한 앤솔러지 『위험한 비전Dangerous Visions』(1967)에 실린 당신의 단편 「환난과 핍박 중에도Faith of Our Fathers」는 애시드● 복용 중에 썼거나, 아니면 복용 체험에 영감을 받고 쓴 것이 아닙니까?

딕   그건 사실과는 전혀 다르네. 우선 애시드를 복용하고 소설을 쓰는 건 불가능해. 애시드 체험을 하면서 한 페이지 분량을 쓴 적이 있기는 한데, 쓰고 보니 라틴어였어. 얼어죽을 문장 전체를 라틴어로 썼고, 아주 조금은 산스크리트어로 썼더군. 그런 걸 사주겠다는 잡지는 거의 없네. 결국 그 글이 출판되는 일은 없었고.

커버   애시드는 얼마나 써봤습니까?

딕   별로 안 썼네. 하루 종일 애시드에 절어 있거나 한 것과는 거리가 멀었어. 그래서 내 책의 예전 홍보 문구를 읽어보고는

●   acid. 강력한 환각작용을 가진 약물인 리세르그산디에틸아마이드(LSD)의 속칭. 1968년에 불법화되기 전까지는 비교적 쉽게 입수할 수 있었기 때문에 활발한 학술 연구의 대상이 되었다.

깜짝깜짝 놀라곤 한다네. 내가 직접 쓴 문구인데, 이런 게 있더군. "그는 우리가 가진 망상의 저류에 흐르는 불변의 현실을 찾아낼 목적으로 환각제를 쓴 실험을 계속해왔다." 지금 읽으면 "하느님 맙소사!"라는 말밖에는 나오지 않지만 말이야. 내가 애시드를 써서 알아낸 일이라곤 내가 당장 탈출하고 싶은 곳에 왔다는 사실뿐이었어. 딱히 더 현실적이라는 느낌도 받지 않았고. 단지 더 끔찍했을 뿐이야.

커버   개인적인 경험에 비추어봤을 때, 『파머 엘드리치의 세 개의 성흔』(1964)에서 묘사된 환각제 체험은 얼마나 정확하다고 생각하십니까?

딕   그 소설에서 환각 물질을 섭취한 사람들에게 무슨 일이 일어났는지 기억하나? 끔찍했어, 그렇지? 등장인물들의 경험이 너무나도 끔찍했던 탓에 작가인 나의 상상력을 한계치까지 몰아갈 정도였어. 게다가 복용을 중단하더라도 플래시백 현상 탓에 아무 소용이 없었어. 당시 LSD가 플래시백을 유발한다는 사실을 아는 사람은 아무도 없었지만 말이야. 습관성이 있는 환각제 복용을 완전히 중단한 이들이 경험할 수 있는 궁극적인 공포에 관해 쓰면서 내가 염두에 두고 있었던 건 바로 그런 현상이었다네. "자, 이제 현실 세계로 돌아왔군"이라고 말한 순간, 느닷없이 환각제의 세계에서 봤던 소름 끼치는 물체가 자기 집 마루를 가로지르는 걸 목격하고, 돌아온 게 아니라는 사실을 깨닫는 거지. 실제로 애시드를 복용한 사람들여럿이 바로 그런 경험을 했어. 내 입장에서는 우연히 예언을 한 꼴이 되어버렸다고나 할까.

커버   최신작인 『스캐너 다클리』에서도 환각제를 소재로 다루지 않습니까?

딕   자기 신분을 숨기기 위해 약물을 섭취해야 하는 비밀 요원 이야긴데, 그 탓에 점점 뇌가 손상될 뿐만 아니라 중독자가 되어버린다네. 손상 정도가 심해진 탓에, 급기야는 재활센터의 주방에서 설거지조차도 제대로 하지 못하는 상태가 되어버리지. 그걸 읽은 독자들이 "아하! 자기 체험을 쓴 거로군!"이라고 지레짐작하지는 않았으면 좋겠군. 그 대목은 작가가 작품에 현실감을 부여하기 위해 지어낸 그럴듯한 상황에 불과해. 물론 나는 캐나다에 있는 헤로인 중독자들을 위한 재활센터에 머문 경험이 있으니 그 경험이 소설에 녹아 있는 건 사실이네. 내 친구들 중에는 애시드에 중독된 탓에 완전히 돌아버린 사람들도 있고 말이야. 개중에는 자살한 경우도 있었다네. 하지만 이 모든 경험이 나의 소설에 직접적인 영향을 끼쳤다고는 생각하지 않네. 애시드는 책을 쓰거나 하진 않으니까.

커버   인간의 입장에서 무엇이 현실이고, 무엇이 현실이 아닌지에 관한 당신의 관심은 1950년대에 발표한 단편들에서 그토록 자주 쓰였던 반전 엔딩의 연장선상에서 나왔다고 봐도 될까요?

딕   당시의 SF 작가들은 그런 단편을 쓸 것을 요구받았다고 해야
        겠지. 어떤 의미에서는 좋은 질문이로군. 그건 '예 또는 아니
        오'라는 대답으로 정직하게 대답하기 힘든, 역설적인 질문 중
        하나야.

커버   흠. 그 단편들을 읽다 보면 그런 반전으로 독자를 놀라게 하는
        데 정열을 불태우게 된 것이 아닌가 하는 인상까지 받았거든요.

딕   당시 잡지에 싣기 위해 쓴 단편들은 판에 박힌 듯한 스타일로
        시작해서 막판 반전으로 독자의 의표를 찌르는 것이 대부분
        이었네. 그건 본디 미스터리 장르 쪽에서 발달한 모티프였지.
        나도 그런 식의 반전을 되풀이해서 사용했고, 소설 속 주인공
        이 현실이라고 생각했던 것이 실은 현실이 아니었다는 결말
        은 바로 그 부분에서 비롯되었다고 해야겠지. 내가 생각하는
        반전은 바로 그런 것이었어. 내 단편에서 너무 자주 써먹은
        탓에 급기야는 식상한 느낌까지 줬지만.

커버   그렇게 된 이유가 뭘까요?

딕   왜 그렇게 자주 판에 박힌 듯한 반전을 썼느냐고? 흠, 길버트
        앤드 설리번•의 오페라곡 가사를 인용해 답을 대신하기로 하

• 빅토리아시대 영국에서 활약한 극작가 W. S. 길버트와 작곡가 아서 설리번의 작곡 작사
  콤비를 가리킨다.

지. "사물이 겉보기 그대로인 경우는 거의 없어/ 탈지유가 크림 행세를 하는 세상인걸". 인간에게 현실이 뭔지를 제대로 요약했다는 생각이 들지 않나. 내 소설의 주된 목적은 등장인물들이 자기들을 둘러싼 현실을 당연하게 여기다가 실은 전혀 다른 것이었다는 사실을 깨닫는 걸 보여주는 것이었다고 생각하네. 여기서 열쇠가 되는 건 그들이 현실을 당연시했다는 점이야. 사실인지 아닌지 확인해보지도 않고 받아들였던 거지.

커버   『역경易經』을 소설의 플롯 장치로 쓴 적이 있습니까?

딕   한 번 썼지. 『높은 성의 사내』(1962)에서 썼는데, 등장인물들이 작중에서 그걸 썼기 때문이었어. 그들이 질문을 하나 할 때마다 나는 동전 세 개를 던져서 나온 여섯 개의 효를 받아 적었지. 그 괘에 따라 책이 어느 방향으로 갈지를 정했던 거야. 마지막 대목에서 줄리아나 프링크가 호손 아벤젠에게 그가 암살자들의 표적이 되고 있다는 사실을 알릴지 말지를 결정했을 때처럼 말이야. 줄리아나가 얻은 괘는 알리라고 했지. 만약 알리지 말라는 괘가 나왔다면 줄리아나는 아벤젠에게 가지 않았을 거야. 하지만 다른 책에서 또 그럴 생각은 없네.

커버   당신 인생에서 『역경』은 얼마나 중요한 역할을 맡고 있습니까?

딕   흠, 『역경』은 자기 눈앞에 닥친 특정 상황을 초월하는 종류의 조언을 해준다네. 그걸 통해 얻는 답은 보편적인 특징을 가지고 있기 마련이지. 이를테면 "힘 있는 자는 낮아지며 낮은 자들은 은혜를 입는다"라는 취지의 괘가 있네. 『역경』을 충분히 오래, 지속적으로 사용하는 사람은 그것에 의해 변화하고, 형성되기 마련이지. 그렇게 해서 그는 타오이스트•가 되는 거야. 타오이스트라는 말을 들은 적이 있든 없든, 타오이스트가 되고 싶든 말든 간에 말이야.

커버　　도교는 윤리와 실용주의를 융합한 사상이 아닙니까?

딕　　그거야말로 모든 철학과 종교를 넘어선 도교의 가장 위대한 업적이라고 할 수 있지.

커버　　하지만 우리 문화에서 윤리와 실용주의는 서로 대립합니다.

딕　　그런 갈등은 언제나 발생하지. 옳은 일을 해야 할까, 아니면 편법을 써야 할까? 이런 식으로 말이야. 길에서 지갑을 주웠다고 치세. 그걸 그냥 가져야 할까? 그러는 편이 실용적으로 들리지, 안 그래? 아니면 지갑 주인한테 돌려줘야 할까? 윤리적으로 행동한다면 그래야 하겠지. 이런 일에 관해서 도교는 빈틈없는 해답을 내놓았어. 도교에서는 우리가 말하는 천국 따위는 없고, 존재하는 건 단지 우리가 사는 이 세계 하나야.

•　　도교주의자. 도교 신봉자.

실용적인 행동과 윤리적인 행동은 서로 대립하는 대신에 실질적으로 서로를 보완하지. 우리 서구 사회에서는 거의 상상하기도 힘든 일이지만.

커버 어떤 식으로 그런 일이 가능해지는 겁니까?

딕 흠. 우리 같은 사회에 사는 사람은 자기가 실용적이라고 생각하는 것과 윤리적이라고 생각하는 행동 사이에서 선택의 기로에 자주 놓인다네. 실용적인 선택을 한다면, 인간으로서 산산조각 나는 결과를 맞기 마련이야. 하지만 도교는 이 두 가지 선택을 결합하기 때문에 그런 식의 극단적인 대립이 일어나는 경우는 드물어. 사실 거의 일어나지 않는다고 해야겠지. 따라서 도교는 인간의 해체라는 비극적인 분열이 표면화되지 않도록 하는 행동 방식을 가르치려는 시도라고 할 수 있어. 난 1961년부터 줄곧 그런 식으로 『역경』을 사용해왔다네. 특정 상황에서 어떻게 행동하면 될지를 알아내기 위한 일종의 지침서라고나 할까. 우선 『역경』은 당사자가 직면한 상황을 당사자보다 더 정확하게 분석해주네. 당사자가 생각했던 것과는 다른 분석을 내놓는 경우도 많지. 그런 다음 조언을 해주네. 그 조언을 통해서 길고 복잡한 길이 제시되고, 당사자는 바로 그 길을 따라감으로써 고난과 배신이라는 비극을 회피할 수 있는 거야. 그렇게 해서 중간에 있는 길인 타오道를 찾아내는 거지. 그런 갈등을 겪는다면 지금도 나는 타오에 의지하네.

커버   윤리적인 선택과 실용적인 선택이 절대로 양립할 수 없는 상황에 직면할 경우엔 어떻게 됩니까?

딕   그건 나도 결코 뇌리에서 떨쳐낼 수 없었던 문제였어. 아무리 도교의 가르침을 따라서 그 두 가지를 양립시키려고 해도, 그 노력이 결실을 맺지 못할 가능성 말일세. 그럴 경우 나오는 괘는 "길하다, 허물도 없다"라네. 이 글귀는 어떤 행동에 나서야 할지를 알려주는 일종의 부호라고 할 수 있는데, 비윤리적인 행동에 나서느니 차라리 목숨을 버리는 편이 인간으로서는 가장 고귀한 행동이라는 해석이 딸려 있어. 나도 그러는 게 옳다는 생각이 드는군. 대립하는 두 선택을 언제나 조화할 수 있는 시스템 따위는 존재하지 않아. 도교는 그조차도 계산에 넣고 있지만 말이야. 3천 개가 넘는 효● 중 하나에서 말이야.

커버   아까 캐나다에 있는 헤로인 중독자들을 위한 재활센터에 머문 적이 있다고 했는데, 어떻게 하다가 그런 곳에 들어가게 됐던 겁니까?

딕   그건 지금까지 살아오면서 내게 일어난 가장 중요한 일 중 하나였어. 1972년의 밴쿠버 SF 컨벤션에서 주빈 자격으로 강연을 해달라는 요청을 받고 비행기를 타고 캐나다로 갔을 때의

●   주역은 64괘 384효로 이루어졌으므로, 3천 개 이상이 아니라 3백 개 이상이라고 했어야 옳다.

일이었네. 캐나다에 가니 엄청나게 무거운 짐을 내려놓은 듯
한 기분이 들더군. 당시 미국에서는 베트남전쟁에서 비롯된
억압적인 사회 분위기에 숨이 막힐 것 같았거든. 그래서 난
밴쿠버에서 아파트를 빌렸고, 과거와의 인연을 아예 끊어버
리기로 했어. 하지만 거기에 아는 사람이 아무도 없어서 고독
감을 견디기 힘들었네. 그래서 브롬화칼륨•을 7백 밀리그램이
나 삼키고 자살을 시도했던 거야. 하지만 혹시 도중에 마음이
바뀔 경우에 대비해서 자살 방지 센터의 전화번호를 LP판만
큼이나 큰 골판지에 커다란 글자로 써놓았어. 그리고 마음이
바뀌었던 거지. 막판에 또 마음이 바뀌려고 했지만 다행히도
전화번호 마지막 번호가 1이었던 덕에 끝까지 다이얼을 돌릴
수 있었다네. 난 전화를 받은 사람과 거의 한 시간 반 동안이
나 통화를 했는데, 그 친구가 마지막에 나더러 이러더군. "문
제는 이겁니다. 지금 당신은 아예 할 일이 없는 탓에 목적이
없는 상태입니다. 이곳 캐나다로 와서 강연을 했지만, 지금은
그렇게 아파트에 할 일 없이 앉아 있지 않습니까. 당신이 필
요로 하는 건 심리치료가 아니라 목적의식을 갖고 하는 일입
니다."

커버 그런 다음 헤로인 중독자들을 위한 재활센터를 소개해줬다,
이건가요.

•　　　당시 알약 형태의 진정제로 많이 쓰였다.

딕   응. 거기에 가면 스물네 시간 동안 감시해주니까, 일이 어떻
        게 되든 간에 다시 자살 시도를 할 위험은 없다고 했어. 하지
        만 그곳에 들어가기 위해서 난 내가 약물중독이라고 거짓말
        을 해야 했다네. 브롬화칼륨을 잔뜩 먹은 탓에 몰골이 말이
        아니었던 것도 도움이 됐고, 메소드연기도 실컷 해 보였지.
        나와 면접을 한 직원에게 거의 달려드는 시늉까지 하는 식으
        로 말이야. 그래서 그쪽에선 내가 약물중독이라고 믿어 의심
        치 않았던 거야.

커버   거기에서는 뭘 했습니까?

딕   화장실을 청소하고, 마룻바닥을 닦게 하더군. 그랬더니 기분
        이 좋아져서, 정말로 열심히 했어. 들어간 첫날 침대에 누웠
        을 때는 세 달 만에 처음으로 푹 잤다네. 거기에서 2주쯤 머
        물면서 우울증에서 벗어나려던 참에 내가 누군지 들통났어.
        처음에 센터 쪽에서는 나를 무슨 맛이 간 부랑자쯤으로 생각
        하고 있었던 것 같아. 하여튼 소포로 내가 쓴 책이 잔뜩 배달
        되어 오는가 싶더니, 그 즉시 나를 사무실로 데려가서 타자기
        앞에 앉히고 센터 홍보하는 걸 도와달라 어쩌고 하며 난리를
        피우더라고. 그래서 얼마 뒤에는 거기에서 나왔네.

커버   구체적으로 그곳의 뭐가 그렇게 마음에 들었던 겁니까?

나는 인간의 강인함을 보았다네.
직접 눈으로 보고, 인간이란 정말로
위대한 생물이라는 걸 절감했던 거야.

딕   약쟁이들이 과거의 나쁜 습관으로 되돌아가지 않으려고 용감
     하게 고투하는 모습을 보는 게 그렇게 좋더라고. 예전에는 약
     쟁이들을 좋아하지 않았고, 절실하게 약을 그만두고 싶으면
     그만둘 수도 있는데 그러지 못하는 의지박약한 작자들이라
     고 생각하고 있었지. 하지만 그건 "인간은 절실하게 원한다면
     뒤통수에도 눈을 자라게 할 수 있어"라고 주장하는 것만큼이
     나 멍청한 생각이었어. 헤로인 금단증세가 왔을 때 느끼는 고
     통은 너무나도 끔찍한 탓에, 단지 그 고통에서 벗어나기 위해
     자살하는 중독자들이 줄을 이을 정도니까. 열다섯 살 때 자기
     오빠의 권유로 헤로인에 중독된 여자애를 봤는데, 열여섯 살
     에는 창녀로 일하고 있었다고 하더군. 마약을 살 돈을 벌기
     위해서 말이야. 게다가 전혀 열여섯 살로 안 보였어. 스물다
     섯 살이라면 모를까. 다른 여자애는 스물다섯이라고 했는데,
     아무리 봐도 쉰 살로밖에는 안 보였어. 이가 반은 다 빠지고,
     머리카락은 백발에 지푸라기처럼 푸석푸석해 보이더군. 뼈와
     가죽만 남아 있는 듯한 몰골이었어. 그래도 살고 싶은 욕구는
     남아 있었어. 거기에서 나는 인간의 강인함을 보았다네. 직접
     눈으로 보고, 인간이란 정말로 위대한 생물이라는 걸 절감했
     던 거야. 그러자 그때까지 내가 집착했던 과거의 사건들 따위
     는 하찮은 것에 불과하다는 생각이 들더라고.

커버   그곳에서는 어떤 치료 방식이 쓰였습니까?

딕   콜드 터키* 방식을 썼어. 거기 온 친구들은 헤로인으로 몸이 완전히 망가져 있었어. 콩팥이 손상된 탓에 매일 밤 두 시간마다 일어나서 오줌을 눠야 할 정도로. 하지만 그런 사람들도 자기들끼리 공동체를 이루고 앞으로 나아가려고 하더군. 가혹한 운명에 대해 그토록 용맹하게 싸우는 사람들을 본 건 그때가 처음이었어. 가장 센 종류의 공격 요법**도 썼지. 주로 중독된 상습 범죄자들에게 쓰는 방법이기 때문에 견디기가 쉽지 않았어.

커버   그런데 그런 걸 홍보하는 활동은 하고 싶지 않았던 겁니까? 그럼 정말로 하고 싶었던 게 뭡니까?

딕   십대들, 아직 그렇게 치명적인 마약에는 손을 대지 않았고 그에 비하면 상대적으로 약한 대마초 따위를 하는 십대들에게 그 위험성을 알리고 싶다는 생각이 들더군. 고향이 그립기도 했어. 미국에 돌아오고 싶었던 거야.

커버   그 체험에 비춰볼 때, 미국에서 마약중독자들이 받는 대우에

●   Cold Turkey. 마약중독 환자의 약물 공급을 별다른 치료 조치 없이 단번에 끊는 방법. 강력한 중독성을 가진 헤로인을 끊는 방식으로는 적절하지 않다.

●●   중독환자를 공개적으로 비난하고, 창피를 줌으로써 중독에서 벗어나게 하는 요법이지만, 자존감이 낮은 환자들에게는 오히려 악영향을 준다는 연구 결과가 있다.

관해서는 어떻게 생각합니까?

딕　　　마약중독자를 비난하지는 않을 거야. 반면, 다른 사람까지 중독자로 만든 경우는 비난할 거야. 줄리언 본드, 그러니까 본드 조지아주 의원이, 필요하다면 마약 공급자들을 죽여도 된다고 말했던 것처럼 말이야. 자기 아이들을 마약중독자로 만들려는 작자가 있으면 쏴 죽여라. 극단적으로 들리지? 중독자와 공급책을 하나로 묶어보려는 시선이 많다는 건 아네. 하지만 난 중독자가 희생자라는 사실을 깨달았어. 그리고 헤로인 중독자만큼 희생자라는 표현에 걸맞은 사람은 없어. 헤로인 이상으로 철저하게 사람을 노예화하는 약물은 존재하지 않아.

커버　　사석에서 당신은 밴쿠버에서 한 강연이 당신이 쓴 가장 중요한 글이라고 말한 적이 있습니다. 그 발언에 대해 좀 더 자세히 설명해주시겠습니까?

우리 중에는 생물학적으로는 인간이지만
실제로는 안드로이드인 사람들이 있으니까.

딕　　　세 달이나 걸려 썼는데, 당시는 우울증이 극에 달해 있었을 때였어. 다시는 글을 쓰지 않을지도 모른다고 생각했을 정도였지. 실제로도 2년 반 동안 아무것도 쓰지 않은 상태였어. 그래서 머릿속에 있는 아이디어 중에서 조금이라도 쓸모가 있는 걸 몽땅 쥐어짜서 그 강연에 쏟아부으려고 결심했던 거야. 강연 원고는 1972년 1월에 탈고했는데, 오웰이 예언한 전체주의국가는 이미 우리 곁에 와 있고, 이 사익하고 부패한 국가에 대한 저항운동 역시 이미 시작되었다는 내용이었지. 이 강연의 제목은 〈인간과 안드로이드The Human and the Android〉였고, 부제는 '진정한 사람 대 반응 기계The Authentic Person vs. the Reflex Machine'였어.•

커버   그 강연을 통해 전하려고 했던 게 뭡니까?

딕   진정한 인간을 정의하고 싶었네. 왜냐하면 우리 중에는 생물학적으로는 인간이지만 실제로는 안드로이드인 사람들이 있으니까. 은유적인 의미에서 말이야. 인간이라는 존재를 규정한다는 주목적을 이루기 위해서 뚜렷하게 선을 긋고 싶었던 거야. 컴퓨터는 날이 갈수록 예민한 사고력을 가진 존재가 되어가고 있지만, 그와 동시에 인간도 점점 인간성을 상실하고 있잖나. 그 연설 연고를 쓰면서 나는 아직 인간인 사람들이 다른 사람들의 인간성을 강화해줄 필요가 있다는 걸 절감했네. 비인간적이거나 안드로이드들이 지배하는 사회에 대해 저항할 필요가 있는 건 바로 그런 이유에서지.

커버   진정한 인간을 어떻게 정의하십니까?

•   강연의 실제 제목은 〈안드로이드와 인간The Android and the Human〉이었다.

53

딕　예를 들자면, 그릇된 일을 하라는 명령을 받았을 때 그걸 거부할 수 있는 능력을 가진 존재. "아니, 나는 죽이지 않을 거야. 폭탄을 떨어뜨리지 않을 거야." 이렇게 말할 수 있는 존재. 권위에 대한 일종의 망설임인데, 나는 이런 태도를 십대들, 이른바 '양아치punk'라고 폄하되는 세대에서 봤다네. 젊은이들의 이런 비정치적인 저항은 더 큰 맥락에서 보면, 그들이 자각하지 않아도 아주 중대한 정치적 중요성을 지니게 될 거야. 선거나 정당정치의 맥락에서가 아니라, 뇌물로 매수할 수 없고, 겁을 줘서 어떤 일을 강요할 수도 없고, 프로파간다에도 귀를 기울이지 않는 젊은 세대의 등장에 의한 변화라는 맥락에서 말이야. 기본적으로 불법적인 시스템에 대해 불법적인 저항운동을 개시할 필요성을 느꼈다고나 할까. 바꿔 말해, 젊은이를 향해서 "법을 어기지 말고, 언제나 법을 지켜"라고 말할 수는 없다는 뜻이야. 문제의 법 자체가 정의롭지 못하니까.

커버　최근 있었던 워터게이트 청문회 같은 사건이 그 강연에 담겨 있는 정신을 구현하고 있다고 생각하십니까?

딕　나는, 아마 자네 귀엔 좀 이상하게 들릴지도 모르겠지만, 닉슨 정부에서 그런 식으로 법을 어긴 사람들도 용서받아야 한다고 생각하네. 그런 정부에 저항하기 위해 법을 어긴 사람들이 용서받아야 하는 것처럼 말이지. 양쪽 진영에 있는 사람들 모두가 법은 더 이상 의미를 지니고 있지 않고, 법과 정의는

더 이상 동일하지 않다고 주장하지 않나. 아마 젭 매그루더•
가 한 말로 기억하는데, "우리는 법이 규정하는 범위 내에서
활동해야 한다는 사실에 좌절하고 있다"는 발언에서 보듯 말
이야. 이건 단지 우리 미국의 법체계를 대대적으로 개정할 필
요가 있다는 징후에 불과할 수도 있겠지. 그럼에도 불구하고,
나의 그 연설은 윤리의 이름으로 법에 저항하고, 윤리의 이름
으로 법을 어기는 행위를 옹호하는 것이었어. 『역경』이 우리
에게 말하듯이, 실용적인 행위와 윤리적인 행위가 양극화된
상황에서 둘 중 하나를 택해야 한다면, 실용적으로 보이는 일
을 하기보다는 자기가 옳다고 생각하는 일을 하는 것이 인간
으로서 올바른 행동이야.

필립 K. 딕의 초상

피해망상에 시달리는 사람들에게도
적은 있기 마련이다

내 무의식은 부인하기에 너무 강해서,
귀를 기울이지 않을 수 없었거든.

윌리엄스   신경쇠약 증세가 작품에 큰 영향을 끼쳤다고 언급한 적이 있
습니다만…….

딕   말도 안 돼! 대체 어디서 그런 얘기가 나왔지?

윌리엄스   〈더블: 빌Double: Bill〉의 작가 설문지에서요.°

이 인터뷰는 1974년 10월 31일과 11월 2일에 진행되었다. 인터뷰어 폴 윌리엄스Paul
Williams는 록 저널리즘의 선구자이며 1966년에 17세의 나이로 록 비평 잡지인 〈크로대
디!Crawdaddy!〉를 창간했다. 1975년 〈롤링 스톤스〉에 실린 필립 K. 딕과의 긴 인터뷰는 딕
을 전국적인 유명인으로 만들었다.

° 팬 잡지인 〈더블: 빌〉이 1963년에 SF 작가들에게 보낸 설문지를 의미하며, 작가들의 답변
은 1963년과 1964년에 발표되었다.

딕   거짓말이야. 모두 거짓말에 불과해. 눈에 안 보이는 힘들이
         내게 그런 소리를 하게 만든 거야.

윌리엄스   여러 번 신경쇠약 증세에 시달렸고—

딕   글쎄, 내가 언제 그런 말을—

윌리엄스   열아홉 살, 스물네 살, 그리고 서른세 살 때 신경쇠약에 걸렸
         다고 했습니다.

딕   그냥 아무 나이나 골라서 말했을 뿐이야. 적당하게—

윌리엄스   열아홉 살이라면, 1948년이 맞죠? 대학에서 의무 ROTC 교련
         을 받는 걸 거부했을 때군요.

딕   아마 그럴 거야. 대충 그때가 맞는 것 같군.

윌리엄스   그 전에 무슨 일이? 그러니까—

딕   인과관계가 어떻게 되는지 묻는 거야?

윌리엄스   흠, 그런 뜻이 아니었습니다. 그렇게 딱 잘라 말할 수 있는 문
         제가 아닌 데다가—

딕   그건, 뭐랄까—

테사 딕   뭐가 원인이었는지 묻고 있잖아요.
(딕의 아내)

윌리엄스   원인, 맞습니다. 뭐가 원인이었는지 물어도 되겠습니까?

딕   (짐짓 위협적인 말투로, 테사에게) 내가 대충 얼버무리려고 하는
            걸 모르겠어? 부탁이니 그럴 때는 거들지 말아줘. 그런 식으
            로 거들어줄 필요는 없어.

테사   이이는 정말 잘 얼버무려요. 얼버무리는 데는 일가견이 있다
            고나 할까. 내가 "필, 지금 몇 시야?" 하고 물으면 뭐라는지
            알아요? "어, 흠⋯⋯."

딕   그건 "잠깐 생각할 시간을 주지 않겠어?"라는 뜻이잖아. 그러
            니까, 당시 난 과도한 스트레스를 받고 있었고, 그 탓에 도망
            쳤던 거야.

윌리엄스   아, 예. 그게 이유였군요.

딕   응. 자세히 말하자면 그래.

윌리엄스   스트레스 탓에 도망쳤다. 알겠습니다. 그게 자세한 거라면,
            대체 어떤 측면에서 자세하다는 겁니까?

필립 K. 딕과 그의 아내 레슬리 테사 딕

딕 흠. 열아홉 살 때 나는 하던 일을 더 이상 계속할 수가 없었어. 무의식적으로는 그런 일을 하고 싶지 않았기 때문이겠지.

윌리엄스 그렇군요. 그래서 억지로라도 거기서 벗어나야 했다는 건가요?

딕 응. 내가 그런 일을 하고 싶지 않아 한다는 사실을 직시할 수가 없었어. 마땅히 하고 싶어야 한다고 생각했지만, 본심은 그게 아니었거든. 그 탓에 공포증과 불안증에 시달렸고—

윌리엄스 '그런 일'이라는 건 버클리에 입학한 일, 그리고 ROTC 훈련 따위를 의무적으로 받아야 했던 걸 의미하는 거군요.

딕 맞아!

윌리엄스 양쪽 모두였군요. ROTC뿐만 아니라.

딕 맞아. 양쪽 다 싫었어. 입학한 뒤에는 아무 쓸모도, 의미도 없는 강의들을 잔뜩 택해야 했거든. 생물학 수업이랍시고 짚신벌레 구분법 같은 헛지식을 배우면서 몇 년을 허비하다가, 졸업한 뒤에 세상으로 나가면 현실을 감당할 수 있을까 하는 마음의 소리를 들었던 거지. 하지만 사회에서 대접을 받으려면 일단 대학을 졸업하라는 소리를 들었고—

윌리엄스 시대를 앞서 나갔군요. 제가 대학에 다니던 1960년대에는 그걸 되레 멋진 행동으로 받아들이는 사람이 많았습니다.

딕   알아. 전에도 그런 소리를 들은 적이 있네.

윌리엄스   저희 세대는 '드롭아웃하다dropping out'라는 표현을 썼죠.

딕   흠, 당시 난 그걸 '깽판을 친다screwing up'고 표현했지.

윌리엄스   제가 대학을 중퇴했을 때조차도 그건 쉽지 않은 결정이었는
         데, 1940년대 말이었다면 훨씬 더 큰 갈등을 느꼈을 것 같습
         니다. 그러니까, 당신이—

딕   실은 난 줄곧 대학에 가야 한다는 소리를 듣고 살았어. 그래
         서 고등학교에서도 대학에 갈 수 있도록 좋은 점수를 따고,
         대학 예비 수업을 택하고, 뭐 그랬던 거지. 고등학교에서 내
         가 한 일이라곤 대학에 가는 준비밖에는 없었다고나 할까.
         그렇게 해서 대학에 입학했고, 실험대 앞에 서서 현미경을 들
         여다보았던 거야. 하지만 슬라이드 위치가 어긋난 탓에 짚신
         벌레 따위는 눈을 씻고 봐도 없더군. 하지만 교수는 "현미경
         으로 본 걸 그리게"라고 지시했을 뿐이었어. 그때 난 그런 수
         업은 무의미하다는 걸 깨달았지. 정말 아무 의미도 없었던 거
         지. 그게 내가 대학에서 보내게 될 4년을 상징하고 있다는 사
         실을 도저히 직시할 수가 없었던 거야. 그 수업에서 내가 그
         려야 했던 것들은—

월리엄스   존재하지도 않았던 거군요.

딕   그래서 난 지독한 두려움과 불안감에 시달렸는데, 내가 왜 그
        러는지 도통 이해할 수가 없었어. 지금은 이해하지만 말이야.
        인생을 영원히 망쳐버리기 직전이었던 거야. 내 사촌 동생이
        바로 그런 길을 갔는데—그러니까, 대학을 때려치우지 않고
        계속 다니다가 학사학위를 받았고, 석사학위까지 받았는데—
        지금은 극장에서 좌석 안내원으로 일하고 있어. 뭘 하려고 해
        도 제대로 준비가 되어 있지 않았기 때문이지. 그래서 극장에
        서 안내원으로 일하고 있는 거야. 대학에서 몇 년이나 공부를
        하고도 얻은 건 아무것도 없었다고나 할까. 사촌 동생은 의식
        적으로도 무의식적으로도 자기 선택이 옳다고 생각했거나 아
        니면 무의식을 억압하고, 무의식이 품었을 의문을 모두 억압
        해버렸던 거야. 그러는 이유가 뭐냐고? 중요한 건 억압할 수
        있었다는 거야.
        하지만 나의 자아는 너무 약해서 그런 무의식적인 압력을 억
        압하지 못했어. 되레 다행이었을지도 모르겠군. 내 무의식은
        부인하기에 너무 강해서, 귀를 기울이지 않을 수 없었거든.
        아주 운이 좋았다고 봐야겠지. 내가 강력한 무의식을 가지고
        있었다는 사실에 대해서는. 그건 나를 학교 공동체 밖으로 몰
        아냈고, 과도한 지적 추구에서 벗어나서—

월리엄스   지적 추구요?

딕   그래, 지적 추구. 당시 내가 빠져 있었던 인텔리 특유의 관심
   사들. 결국 내 무의식은 나를 좁은 학구적 울타리 밖으로 몰
   아내서 더 넓고 진실된 세계로 나오게 해줬고, 진짜 세계로
   나오게 해줬어. 직업을 가지게 해줬고, 결혼을 하고 작가로
   데뷔하게 해줬고, 더 풍성한 삶을 누리게 해줬던 거지.

●

윌리엄스   글을 쓰는 행위가 심리요법의 한 형태라는 지적에 동의하십
   니까?

딕   흠, 내 경우는 그 이상의 것이야. 글쓰기는 대부분의 심리요
   법보다 더 활기차고 적극적인 행위이니까 말이야. 글쓰기를
   그런 식으로 묘사하는 건 어떤 의미에서는 적절하지 않다고
   생각하네. "맞아, 글쓰기는 심리요법의 한 형태야"라고 말하
   는 건 오해를 불러올 수 있는 발언이지만, 그렇다고 "아니, 그
   건 심리요법이 될 수 없어"라고 대답하는 건 그보다 더 많은
   오해를 불러올 수 있어. 정신을 통합해준다는 측면에서는 현
   재 제공되는 심리요법에 비해 훨씬 더 고차적인 행위라고 하
   는 편이 낫겠지.
   하지만 글쓰기는 결코, 글쓰기의 목표는 심리요법이 아냐. 그
   건 말이 안 되지. 그걸 심리요법과 동일시한다는 건 "자동차
   는 매력적인 물건인가?"라고 묻는 거나 마찬가지야. 알다시피
   매력적인 건 자동차의 주요 목적이 아니잖나. 그러니까, 자동

딕과 그의 딸 이사 딕 해킷,
미셸 시옹의 글 「두 이미지 사이 n°33 Entre deux images n•33」에서

차의 경우는 기능이 외형에 선행한다는 뜻이야. 마찬가지로 글쓰기의 기능은 심리치료를 위한 것이 아니라네. 글쓰기의 파생 효과에 기분이 좋아진다는 점이 있을지도 모르지만.

윌리엄스   그럼 글쓰기의 기능은 뭡니까?

TV를 보는 행위의 기능이 TV를 보는 일인 것처럼,
글쓰기는 그 자체로서 하나의 목표야.

딕   글쓰기의 기능은, 글쓰기의 기능은 글을 쓰는 사람이 누구인가에 달려 있다고 해야겠지. 그 부분에 대해 일반화하는 건 가능하지 않다고 생각하네.

윌리엄스   그럼 당신의 경우는 어떻습니까?

딕   내 경우는…… 솔직히 말해서 달리 어떻게 시간을 보내야 할지를 몰라서 글을 쓴다고 해야겠지. 알다시피 난 다른 일들도 시도해봤지만, 곧 싫증을 내게 되더라고.
TV를 보는 행위의 기능이 TV를 보는 일인 것처럼, 글쓰기는 그 자체로서 하나의 목표야. 뭔가를 배우기 위해서, 이를테면 사람들이 어떻게 살아가는지를 알아내고 싶어서 글을 쓰는 것도 아니고 말이야. 글쓰기의 기능은 글쓰기라고나 할까.

윌리엄스   흠, 글쓰기에는 두 가지 상태가 있죠. 안 그렇습니까? 실제로 책을 쓰고 있을 때의 적극적인 상태가 있고, 탈고해서 완성품이 있는 상태 말입니다. 끝났다고 해서 갖다 버리지는 않으니까 그 시점에서 또 다른 종류의 관계가 생겨니고—

딕   물론 버리지 않고 팔아야지. 최대한 높은 고료를 받고서 말이지. 탈고한 뒤에 작가는 인색하고 심술궂은 사람이 되기 마련이야. 베토벤이 그랬던 것처럼. 베토벤은 바가지를 씌우는 걸로 유명했지. 완성된 교향곡을 네 개의 오케스트라에 동시에 파는 식으로 말이야.

윌리엄스   (웃음) 하지만 어떤 층위에서는 그 책에 대한 애정을 갖고 있지 않습니까.

딕   흠, 물론 난 그 책이 널리 읽히기를 원하네. 그런 뜻으로 물어본 거지? 내가 그 책이 읽히는 걸 원하는 건, 타인들이 그걸 이해해주기를 바라기 때문이야. 독자들이 이해해준다는 점이 중요해. 하지만 이해의 주체는 독자들이어야 하네. 억지로 이해시킬 생각은 없어. 우선 독자들 쪽에서…….
난 독자들을 내가 책을 쓰면서 했던 여행으로 초대하네. 내가 온갖 고생을 하면서 책을 완성하면, 독자들은 그 책을 읽으면서 내가 했던 여행을 되풀이하는 거지. 내가 실제로 겪은 것보다는 한결 수월해진 방식으로 말이야. 난 이렇게 느낀다네. 난 그 책을 통해 많은 걸 얻었고, 독자들 역시 거기서 뭔가를 얻었을 거라고 말이야. 따라서 내가 독자들에게 제공하는 건 오락이 아니라, 내가 했던 일의 또 다른 형태라고 생각하네. 그럼 독자들도 그걸 되풀이하면서 또 다른 형태의 보람을 느끼는 거지.

월리엄스　그 결과 만족감을 얻기를 기대한다, 이거군요.

딕　응. 하지만 작가인 내가 얻는 만족감이 더 크다고 생각하네. 투자하는 것이 워낙 많으니 그만큼 얻는 것도 많은 거지. 나만큼이나 자기 책에서 만족을 얻는 사람은 없을걸. 왜냐하면 난 그 속에 훨씬 더 깊이 들어가기 때문이야. 독자들보다 더 많은 걸 알고 있기도 하고. 실은 그건 사실이 아니지만. 독자들, 특히 학자들은 내가 내 책에 관해 모르고 있던 일들, 전혀 눈치채지 못했던 일들을 지적해주곤 하거든.
그런 평론을 하나 읽어 봤는데—자네도 읽은 적이 있나? 「구세계를 대체하는 신세계: 묵시록적 상상력, SF와 미국 문학New Worlds for Old: The Apocalyptic Imagination, Science Fiction and American Literature」이라는 제목이었는데, 데이비드 케터러의 평론집에 실려 있었어…….

월리엄스　본 적이 있습니다. 하지만 당신에 관해 언급한 부분은 아직 안 읽은 것 같군요.

딕　어, 『높은 성의 사내』에 관한 대목이었는데, 줄리아나 프링크의 블라우스에 달린 장식 핀이 모든 걸 하나로 묶는 상징이라고 설명되어 있었어. 그러니까, 그 핀이 모든 걸 하나로 묶는 걸 상징한다는 뜻이지. 실제로 그 핀은 그의 블라우스를 여며주고 있었지. 하지만 그게 모든 것까지 하나로 묶어주고 있는지는 나도 까맣게 몰랐다네. 만약 그 핀이 그의 블라우스에서 떨어져 나간다면 전 우주가 붕괴할지도 모른다는 얘기야.

윌리엄스 그 책에서 보석 장신구 얘기가 나왔던 건 기억합니다만, 그건 다른 종류의 장신구였던 걸로 기억하는데…….

딕 어, 그래, 하여튼 평론가는 그 핀도 장신구라는 사실을 지적했는데……. 아마 그 지적이 옳을 거야. 난 그걸 전혀 의식하지 못했지만 말이야. 나는 그 책 끝부분에서 줄리아나가 그 핀을 꽂아서 블라우스를 여몄다는 점을 강조했는데, 그럼으로써 그 대목에 보석 장신구와 관련된 상징적인 의미를 부여했다는 사실을 몰랐어……. 만약 보석 얘기가 모티프, 주제, 상징으로 기능했다면, 마지막 대목에서도 그렇게 기능하지 말라는 법은 없잖아? 왜 장신구가 갑자기 상징이 아닌, 단지 블라우스를 여미기 위한 물건이 되어야 한단 말이지? 그러니까 평론가 말은 옳았고, 나는 단지 그걸 모르고 있었다는 얘기가 되겠군……(필의 말투로 미루어보건대, 처음에는 그 평론가를 조롱하기 위해 핀 얘기를 꺼냈지만 나와 대화를 계속하면서 그 평론가 말이 옳았다고 확신하게 된 듯하다).

●

난 언제나 우주를 향해
나의 죄를 고백하려는 충동을 느꼈다네.

딕   자네가 나에 관해서 쓴 초기의 에세이들을 읽다가, 〈악튀엘
        Actuel〉에 실린 기사와 마찬가지로 피해망상paranoia이라는 단
        어가 여러 번 튀어나오는 걸 봤어(필은 내게 프랑스의 '지하 언
        론' 잡지인 〈악튀엘〉의 1974년 9월호를 보여주었다. 9월호는 피해망
        상 특집이었는데, "SF의 위대한 피해망상 환자le grand paranoiaque de la
        science-fiction"로 묘사된 필의 인터뷰도 실려 있었다). 아무래도 자넨
        그 단어에 강박적으로 집착하고 있는 것 같군. 도대체 지금까
        지 얼마나 많은 작가를 그런 식으로 헐뜯은 거지?

윌리엄스   피해망상 환자라고 지칭했느냐고요?

딕   응.

윌리엄스   자기를 피해망상이라고 할 거냐 안 할 거냐 물어보는 작가에
        게만 그랬습니다.

딕   난 한 번도 자네에게 물어보지 않았어……. 흠, 〈악튀엘〉은
        그 일에 관해서 할 말이 많은가 보군.

윌리엄스   예. 하지만 방금 피해망상에 관해 뭔가 이야기하려고 하지 않
        았나요.

딕   아, 맞아. 한때는 나도 피해망상에 시달렸던 적이 있지. 어이,
웃지 마. 진심이라고.

윌리엄스   피해망상에 시달렸다고요? 어떤 식으로요? 예를 하나 들어주
시지 않겠습니까.

딕   우리 집에 누군가가 침입할 거라고 생각했네.
자, 이건 진지한 얘기야. 우리 지금 진지한 얘기를 하고 있는
거지?

윌리엄스   예. 테이프녹음기도 켜놓았고—

딕   아니 그런데 난 그것도 모르고 한가하게 라이프세이버•를 먹
고 있었던 거야?
알았네. 하여튼 간에, 과거에 난 우주가 기본적으로 내게 적
대적이라고 믿고 있었어. 그리고 난 엉뚱한 곳에 와 있다고
말이야. 나는 달랐고, 여기와는 전혀 어울리지 않았거든. 뭔
가 단절된 우주, 다른 우주에서 만들어졌지만 거기에서 잘려
나와 이곳에 유배된 듯한 느낌이었달까. 그래서 내가 어, 하
면 이 우주는 아, 하는 식으로 서로 엇갈렸던 거야. 우주가 나
를 콕 집어 지목한 건 내게 어딘가 이상한 부분이 있었기 때
문이겠지. 그렇지만 난 나를 비난했지 우주를 비난하지는 않

•   고리 모양의 캔디.

있어. 그냥 이 우주와는 결이 맞지 않았다고나 할까.

하여튼 나는 이 우주가 내가 얼마나 이질적인지를 정말로 알아차리지는 않을지 크게 두려워하고 있었어. 나의 유일한 걱정거리는, 만약 우주가 나에 관한 진실을 알아차린다면 그것이 완벽하게 정상적인 반응을 보일 공산이 크다는 점이었어. 그러니까, 나를 죽이려고 할 거라고 말이야. 딱히 무슨 악의가 있어서 그러는 게 아니라, 단지 민감하게 그 사실을 감지하기 때문에 그러는 거겠지만. 그리고 어딘가 다르고 괴상한 부분이 있는 나 같은 존재에게 일어날 수 있는 최악의 일은 우주가 그 사실을 감지하는 거야.

하지만 올해에 나는 그게 사실이 아니라는 걸 깨달았다네. 이 우주는 그 정도로 민감하지 않고, 오히려 우호적이야. 내가 처음 가졌던 믿음을 피해망상이라고 규정해야 할지 말지는 모르겠네. 피해망상에는 여러 형태가 있어. 그중 음모 이론에 의한 피해망상은, 보통 피해망상이라고 하면 그걸 가리키지, 회의실에 둘러앉아서 자기를 죽이려는 음모를 꾸민다든지, 사악한 동기를 품고 있다든지, 난 뭔가 위대한 능력을 갖고 있는데, 그걸 펼치는 걸 세상이 더 이상 허락하지 않는다든지…….

하지만 난 그런 것들과는 전혀 인연이 없었어. 오히려 난 내가 하찮은 존재라고 느꼈거든. 뭐랄까, 학교에서 커닝을 했는데, 들통나는 건 시간의 문제라는 식으로 불안해했던 거야. 그래서 난 언제나 우주를 향해 나의 죄를 고백하려는 충동을 느꼈다네.

하지만 지금은 더 이상 그 우주와 내가 이질적인 존재라는 느낌을 받지 않아. 우주가 정말로 적대적이라고 느낀 적도 없고. 단지 폴, 자네도 알잖아 그린 느낌? 무슨 일을 하든 간에 내가 받은 지시를 자연스럽게 따르고, 전혀 힘들이지 않고 목적한 바를 이루는 사람들도 있겠지만, 이 우주는 내가 그러는 걸 허락하지 않는다는 느낌. 학습의 문제일지도 모른다는 생각이 드는군. 정상적인 아이들이 쉽게 받아들일 수 있는 지시를 어떤 아이들은 따르기가 쉽지 않은 거야. 그런 아이들은 다른 아이들과는 조금 다르게 지각하기 때문에, "오리를 모두 노랗게 칠하세요"라는 단순한 지시를 받아도 어떤 지각적인 문제 때문에 혼란에 빠지는 거지.

자네가 이걸 피해망상이라고 볼지, 아니면 그냥 고립감이라고 볼지는 모르겠지만, 적어도 그런 현상에는 여러 종류가 있고, 그래서 **피해망상**이라는 표현만으로는 충분하지 않다는 거야. 왜냐하면 나는 그것이 체계화된 관점에 더 가깝다고 보기 때문이야. 사악한 의도로 자기를 줄기차게 탄압하는 어떤 사람들이나 집단이 존재한다는 식의, 아주 경직된 체계지.

윌리엄스   제이슨 태버너에게 그런 일들이 많이 일어났죠〔제이슨 태버너는 딕의 장편 『흘러라 내 눈물, 경관은 말했다』(1974)의 주인공이다. TV 스타였던 그는 갑자기 존재하지도 않는 사람이 되어버리는데, 친구들조차도 그를 알아보지 못한다. 마치 혼자 엉뚱한 세계에 와 있는 것처럼〕.

딕   흠, 그건 내가 아냐.

월리엄스   그럼 책에서는 왜 그런 상황을 지어냈습니까?

딕   그건 그냥 플롯의 일부였어. 게다가 마지막에는 결백하다는
      게 입증되잖아.

월리엄스   그랬죠……. 하여튼 당신 책의 플롯은 피해망상적입니다. 그
      러니까, 플롯 자체가 피해망상에 기인하는 경우가 많다는 뜻
      입니다. 물론 작가인 당신까지 피해망상이어야 할 필요는 없
      지만 말입니다.

개인의 삶은
이제 존재하지 않아.

딕   내 상황과 임상적인 피해망상 증세 사이에 공통점이 있다면
      감시당하고 있다는 느낌이라고 할 수 있겠지. 모든 피해망상
      환자는 자기가 감시당한다고 느끼거든. 예전에는 '파라노이
      아 젠지티파'●라고 불리던 거지. 신체적인 수치심 내지는 외
      부 시선에 대한 예민함에 가까운데, 모두 정도의 문제라고 할
      수 있지.
      만약 자네가 히피인데, 우연히 교회의 친목회에 참가했다고
      가정해보게. 거기서 자네는 사람들에게 감시당하고 있다고,

●   paranoia sensitiva. 독일의 정신의학자 에른스트 크레치머가 분류한 관계망상 증세의 일
      종. 민감성 편집증.

부정적인 시선에 직면하고 있다고 느낄 공산이 커. 피해망상과 똑같지 않나? 그리고 내 책에서 등장인물들은 24시간 내내 감시를 받네. 태버너가 바로 그랬지. 언제나 경찰의 감시를 받고 있고, 조금이라도 이상한 점이 있으면—그렇지? 그런 상황은 나 자신이 받는 느낌에서 온 거야. 난 언제나 공공의 눈에 노출되어 있다는 느낌을 받거든. 그래서 프라이버시는 전무해. 그런 건 아예 존재하지도 않아.

이걸 확실하게 파악해줬으면 좋겠네. 공적 생활에 대비되는 사생활 따위는 더 이상 존재하지 않아.

윌리엄스   비밀을 지킬 수도 없죠.

딕   개인의 삶은 이제 존재하지 않아. 닉슨이 깨달은 것도 그거였지. 왜냐하면 도청을 획책한 장본인이거든. 이건 현대인의 삶에서 가장 중요한 측면 중 하나야. 미래를 다루는 SF 작가로서 이 부분만은 반드시 짚고 넘어가야겠네. 현대사회에서 인간의 삶에 일어난 가장 큰 변화 중 하나는 사생활 범위의 축소야. 이제 우리는 개인의 비밀이란 존재하지 않고, 그 어떤 것도 사적일 수는 없다는 사실을 이성적으로 직시해야 하네. 모든 것이 공공의 영역으로 들어간 거야.

알다시피 나는 그런 상황이 끔찍하다고 생각했네. 예를 들어볼까. 한번은 어떤 어린아이가 우리 집 현관에 오더니 이렇게 말하더군. "(높은 목소리로) 재활용 센터에 가져갈 신문지 좀 나눠주실래요?" 여자애였어. 그래서 신문지를 잔뜩 안기니까 그 아이가 말하길, "너무 많아서 들 수 없어요." 그래서 난 이렇게 말했지. "내가 대신 가져다줄게. 너희 집이 어디야?" "저쪽으로 가면 있어요." 그래서 난 〈LA 타임스〉 더미를 잔뜩 안고 그 아이와 함께 걸어갔지. 그런데 길가에 경찰차가 멈춰 있는 거야. 그냥 그 자리에 멈춰 서 있었고, 차 안에 있는 경찰관은 이쪽을 보고 있었어.

윌리엄스   하느님 맙소사, 이렇게 생각했겠군요.

딕   응, 하느님 맙소사.

윌리엄스   경찰은 당신이—

딕   응.

윌리엄스   그 여자아이를 위해 신문지 더미를 안고 걸어간 건—

딕   그 아이를 추행할 목적이었다고 생각했겠지. 그런데 그 아이가 이렇게 말하는 거야. "온 김에 2층까지 가져다주세요." 난 생각했어. 맙소사, 내 인생은 이제 끝장났어. 여기서 갑자기 도망친다면, 저 경찰관은 나를—

윌리엄스   필, 그게 피해망상 아닐까요.

감시받는다는 사실은 우리가 완전히 정직하게,
일관적으로 행동해야 한다는 사실을 의미해.
그렇지 않으면 끝장이 나니까.

딕   응, 맞아. 그렇게 믿으라고. 난 최대한 빨리 거기로 가서 신문지 더미를 떨어뜨리고 되돌아왔어. 되돌아오는 나를 여전히 경찰관이 바라보고 있었지. 그러다가 또 다른 어린애를 만나서 말을 나눴지. 신문지를 모아서 용돈을 버는 건 다 어린아이들이었거든. 그러면서 내가 경찰차 옆을 지나가니까 경찰관은 차의 시동을 걸더니 출발하더라고. 나를 감시하고 있었던 게 맞아. 의심의 여지가 없어. 내가 자기 차 옆을 지나갈 때까지 기다렸다가 시동을 걸고 떠난 걸 보면 말이야. 그걸 내게 알리고 싶었던 거지. 그래서 일부러 그때 시동을 걸었던 거야. 원한다면 몇 년이고 더 그 자리에 머물 수 있었는데도 말이야.

가까스로 집에 돌아왔을 때 난 완전히 맛이 간 상태였어. 머리카락은 흐트러지고 눈은 퀭해져 있었지. 난 생각했네. 흠, 어떤 식으로든 이런 일은 사라져야 해. 이런 일을 없앨 수 있는 방법이 존재할 거야. 그런 다음 그 일에 관해 정말로 깊은 생각에 잠겼지. 여기서 그나마 긍정적인 측면이 있다고 한다면, 우리는 언제나 감시를 받고 있으므로 그 사실을 있는 그대로 받아들여야 한다는 점이었어. 따라서 우리는 위선적으로 행동하거나, 거짓말을 할 여유 따위는 없다고 해야겠지. 한 입으로 두 소리를 하는 인간이 되면 안 된다, 이거야. 이해하겠나? 감시받는다는 사실은 우리가 완전히 정직하게, 일관적으로 행동해야 한다는 사실을 의미해. 그렇지 않으면 끝장이 나니까. 감시의 순기능은 그거였어. 우리의 공적인 생활과 사생활이 하나로 통합된다는 부분.

하지만 감시의 역기능은 어떤 의미에서 다른 사람들의 판단에 전적으로 의존해야 한다는 점이겠지. 이건 인구가 밀집한 현대사회의 특징 중 하나이기도 하고. 무슨 얘긴지 알겠나? 고립이나, 은둔 따위는 가능하지 않다는 뜻이야.

그렇게 곰곰이 생각해보니, 그때 난 그 경찰차로 다가갔어야 했다는 생각이 들어. 차 안에 있던 경찰관에게—

윌리엄스   꺼져, 이 짭새pig!

딕   아냐, 아냐. 그건 옳은 방식이 아냐. 자넨 LA 출신이 아니로군. 그때 난 이렇게 물었어야 했어. "당신 나를 보고 있는 거요?"라고 말이야. 그랬다면 경찰관은 그냥 아무 말도 하지 않고 차 안에 앉아 있었겠지. 차라리 "아, 할 말이 있는데—" 아냐, 이건 아니군. 그래봤자 여전히 상황은 나아지지 않았을 테니까. 차라리 "당신 내가 누군지 알아? 난 나름 유명한—" 아, 이것도 아니군. 그래봤자 여전히……. 어디 보자, 경찰차 옆을 그냥 슬며시 지나가는 것보다 나은 행동은 뭐였을까? 흠. 경찰관에게 다가가서 내 딸들의 사진을 보여준다든지? 아니, 그것도 아냐. 내가 뭘 했든 간에 뭔가 켕기는 일이라도 있는 거 아닌가 하는 인상을 줬을 게 뻔해. 평소와 동떨어진 행동을 했다는 사실 자체로 인해서 말이야.

윌리엄스 자기를 탓하는 성향이 있는 건 확실해 보입니다.

딕 그때 내가 무슨 상상을 했는지 알아? 보도에서 픽 쓰러져 죽는 상상을 했어. 글자 그대로, 그 자리에서 심장이 멎어버리는 식으로 말이야. 그냥 죽어버리는 거지. 그런다면 그 경찰관은 더 이상 나를 의심하지 않았을 거라고 생각하지 않나?

윌리엄스 예. 그런 당신을 쳐다보고는 "허, 어쩔 수 없군"이라 말한 뒤 차를 몰고 떠났겠죠.

딕 정말 그런 일이 일어났다면 실제보다 좀 빨리 떠났겠지. 있잖아, 실은 내 마음이—어, 뭘 얘기를 하려고 했더라? '만약 내 마음이 완벽하게 순수했다면…….' 순수한 게 맞아. 너무 말이 많아서 탈이지만. 하여튼 난 이렇게 말했어야 했어. "경관님, 이 어린아이들을 살펴주셔서 감사합니다. 여긴 나 같은 작자투성이라서, 당신이—" 아, 이것도 아니군.
내 경우는 가망이 없군. 그런 상황에서는 앞으로도 줄곧, 차라리 "경찰관 나리, 저 아이를 체포해줘!"라고 하는 편이 나았을까. 이젠 나도 모르겠네…….
하여튼 이해했나? 그 경찰관은 사람들을 불안하게 하려고 거기 주차해 있었던 거야. 아이들의 안전 확인 말고도, 주민들을 불안하게 하려는 목적이 있었던 거지.

월리엄스   더 많은 신문지를 기부하라는 압력이었을지도요.

딕   아냐. 그 일이 있은 뒤로는 신문지를 아예 안 췄어. 사실, 집
          밖으로 아예 안 나갔다네. 그 경찰관은 여전히 거기서 죽치고
          있을지도 몰라.
          피해망상 얘기를 하고 있었지. 내가 이런 얘기를 한 이유는
          내가 피해망상이 아니라는 걸 설명하기 위해서였어.

월리엄스   예.

딕   이래도 수긍이 안 된다면, 그 경찰관을 찾아가서 직접 물어보
          는 수도 있겠군. 엉금엉금 기어서 자기 집으로 돌아갔던 사내
          기억하느냐고…….
          솔직히 말해서 피해망상은 어떤 의미에서는 동물들, 포식당
          하는 쪽의 동물들이 여전히 갖고 있는 육감, 그러니까 누군가
          가 자기를 주시하고 있다는 걸 본능적으로 알아차리는 오래
          된 능력이 현대인들 속에서 되살아난 것일 수도 있다는 생각
          이 드네. 자네가 들판을 가로지르는 두더지라고 상상해봐. 그
          러면서 뭔가 매 같은 것이 머리 위에서 천천히 선회하고 있다
          는 걸 깨닫는다면 그건 육감이 아니고 뭐겠나. 그런 맥락에서
          피해망상은 격세유전이라고 봐야 해.

월리엄스   격세, 뭐라고요?

딕   격세유전. 까마득한 옛날 우리가, 그러니까 우리 조상들이, 쉽게 포식자들의 먹이가 되던 시절에 갖고 있던 육감이 되살아난 거라는 뜻이야. 이 육감은 누군가가 자기를 바라보고 있다는 걸 알려주지. 자기를 잡아먹을 작정의 누군가가 있다고 말이야.

이 육감은 이제 쓰여선 안 돼. 우리에겐 그런 걸 가질 이유가 없으니까 말이야. 하지만 어떤 사람들은 여전히 희미하게나마 그 능력의 잔재를 가지고 있어서, 들판을 가로지를 때의 두더지처럼 누군가가 자기를 보고 있다는 사실을 알아차리지. 피해망상이라는 건 결국 그런 거야.

그리고 내 소설의 등장인물들도 그런 느낌에 시달리지.

윌리엄스   자기들이 감시당하고 있다는 느낌 말이죠.

딕   응. 하지만 내가 정말로 한 일은 그들의 사회를 '격세유전화 atavise'*해서 묘사한 거라네. 소설의 무대는 미래이지만, 많은 의미에서 그들은—그들의 삶은 뭐랄까, 퇴행적인 부분이 있다네. 무슨 얘긴지 알겠지? 마치 우리 조상들처럼 살아가고 있다고나 할까. 그러니까, 소설에 나오는 하드웨어는 미래의 것이고, 무대도 미래이지만, 그들이 직면하는 삶은 과거의 그것이나 마찬가지란 뜻이야.

막다른 궁지에 몰렸고, 적대적인 세력에 둘러싸인 등장인물

---

*   격세유전을 뜻하는 'atavism'을 변형한 것이다.

들이지. 그들이 속한 곳은 사회화되기 전의 세계, 그러니까 공동체적이고 사회적인 삶의 발달로 인해 본능이 감소하거나 아예 사라져버리기 전에 존재했던 과거의 세계인 거야. 그래서 내 등장인물들에게는 원시적인 부분이 존재해. 격세유전적인 맥락에서 원시적이라는 뜻이야. 그들은 고립된 존재들이고, 소설에서 묘사되는 환경은 그들에게 적대적이지.

하지만 여기서 내가 자네에게 강조하고 싶은 건 **피해망상**이라는 표현을 쓸 때는 신중해야 한다는 점이야. 〈하퍼스 매거진Harper's Magazine〉의 기사처럼(최근 이 잡지에 실린 피해망상증 특집에는 필립 K. 딕이 쓴 『알파성의 씨족들Clans of the Alphane Moon』에 관한 묘사가 포함되어 있었다) 일종의 전문용어인 양 쓰일 때가 많지. 자네가 그런 식으로 그걸 쓰지 않는다는 건 알지만…… . 피해망상은 실제로는 다양한 종류의 신경증을 가리키는 말이고, 그중 하나가 격세유전적인 상태야. 완전히 사회화되지는 않은 탓에, 주위 사람 중 누구에게 의지해야 하는지를 확신하지 못하는 인물의 정신상태를 가리킨다고나 할까. 방금 얘기한 원시적인 정신상태에 가장 가까워.

윌리엄스 피해망상이란 사물들 사이의 연결 관계를 더 민감하게 감지하는 의식 상태인지도 모른다는 생각이 듭니다.

딕 사실이네. 사물들을 서로 연결해주는, 본능적인 감각. 자네가 "이건 저것과 연결되어 있고"라는 식으로 말하듯이—

윌리엄스   그리고 뭐랄까, 그런 연결 관계들을 불균형하게 받아들이는 감각 같습니다.

딕   맞아. 카를 구스타프 융도 같은 지적을 했지. 그건 하나의 사고 패턴이야. 아! 전부 아귀가 맞는군, 다 들어맞아, 이런 식이지. 중요한 건 그런 세부 사항이고, 모든 것에는 의미가 있다는 감각이야. 의미가 도처에 확산되는 느낌이지. 그 무엇도 간과하는 일 없이. 어차피 모든 건 동등하게 주목받지만 말이야—게슈탈트로 통합되듯이. 과도한 게슈탈트화라고나 할까. 바로 그 탓에, 목적이 없는 곳에서도 목적이 있다고 지레짐작하는 거지. 길을 가다가 우연히 누군가와 부딪친다면—

윌리엄스   그 사람이 "죄송합니다"라고 말한다면요.

딕   그럼 자네는 이렇게 생각하지—

윌리엄스   '아니 무슨 뜻으로 내게 저런 말을 한 걸까?'

딕   맞아. 그거야. 동기 따위는 존재하지 않는 곳에서 숨은 동기를 찾는 거지.
하지만 〈하퍼스 매거진〉에 실린 그 기사는 그게 오래된 우주론의 퇴화한 형태라는 걸 보여줬다는 점에서 주목할 만하네. 우연이란 존재하지 않고, 모든 것은 신의 계획, 은총의 일부라는 생각 말이야. 거기서 신이 사라지니까 뭐가 남았다고 생각하나? 묵인의 네트워크. 그것도 선한 중심을 결여한 네트워크가 남았어. 사람들의 동기는 적대감에서 비롯되었다는 생각이 있는데, 그 적대감이라는 게 자기가 이해하지 못하는 행동은 무조건 나쁜 동기에서 비롯된 것이라고 지레짐작하기 때문인지도 몰라. 난 그보다 더 깊은 이유가 있다고 생각하네. 아주 고전적인 임상적 피해망상 증세를 제외하면, 그걸 제대로 설명해주는 피해망상 이론은 존재하지 않는다고 생각해.

나는 어떻게 생각하느냐고? 그런 증세는 자기 자신을 둘러싼 환경을 이해하는 걸 도와주는, 제대로 된 우주론을 아예 확립하지 못하는 데서 왔다고 생각하네. 일단 그런 우주론의 배후에 기본적으로 선한 힘이 존재한다고 상정하지 않는다면……그런 선한 힘을 결여한 우주론을 구축하기 시작한다면, 악의의 영역에 빠져드는 건 아주 쉬워. 과거에 우리가 선하고 초월적인 존재, 즉 신을 당연하게 받아들였고, 그로 인해 모든 세상사가 신의 계획에 의한 것이라고 보았다는 사실을 깨닫지 못한다면 말이야. 신의 존재에서 그런 계획을 추론했고, 모든 일에서 신의 계획을 보기 시작하는 식으로…….

하나 예를 들어보지. 자네가 신의 계획을, 패턴을 보았다고 생각해보게. 여기서 중요한 열쇠가 되는 단어는 **패턴**이야. 그렇지? 자넨 자네가 목격한 사건들에서 어떤 패턴을 보는데, 그런 자네에게 초월적인 관점, 신비적이고 종교적인 관점이 없다면, 그럼 그런 패턴은 사람들에게서 발출發出된 것이라고 생각할 거야. 신이 없다면 달리 그런 패턴이 어디서 생겨났겠나? 하지만 그 패턴이 일종의 초월적이거나 신비주의적인 거

라고 생각하는 경우는, 사람들의 행동이 실은 그들의 본심이
아니었고, 그런 행동의 배후에는 목적 내지는 패턴이, 진짜
패턴이 존재한다고 생각하게 되는 거지. 사람들 행동의 의도
는 그게 아니었고, 개인적인 의도 따위는 존재하지 않고, 그
들의 행동이 나를 향한 것도 아니었다는 식으로 말이야. 그
패턴은 사람들의 본의가 아니었고, 나도 그런 패턴의 희생자
나 표적이 아니다, 라는 식이지. 사람들이 나를 표적으로 삼
은 게 아니라는 뜻이야. 단지 패턴일 뿐이지.

실제 패턴들에 관해서 우린 제한된 관점에 얽매여 있다는 생
각이 드는군. 그 제한된 관점에 의하면 사람들은 의도적으로,
서로 작당해서, 나를 향해 어떤 행동을 하네. 사실 그런 행동
은 사람들 너머에서 발출된 패턴에 기인한 것이지만 말이야.
그리고 그런 패턴이 나를 포함해 어떤 개인을 향하는 경우는
없어. 그보다는 훨씬 넓은 범위의 힘이고, 우리 모두를 통해
이루어지거든.

하지만 그런 관점을 받아들이려면 사회나 인간의 삶 위주의
관점에서 벗어나 일종의 신비적인 영역에 진입할 필요가 있
다네. 그건 DNA 같은 유전적인 힘의 영역일 수조차 있어. 그
럴 때 난 언제나 곤충이 이렇게 말하는 광경을 상상한다네.
"누군가가 나더러 고치를 자아내라고 강요하고 있어. 누군가
가 그런 음모를 꾸미고 있어." 그런 다음 주위에 있는 곤충을
둘러보면서 이렇게 말하지. "도대체 누가……." 곤충 입장에
서는 누군가의 음모가 맞아. 자기 환경 밖에 존재하는 힘을
감지하지 못하니까.

그러니까 자꾸 내가 피해망상이라는 소린 하지 말아줘.

월리엄스   왜요?

딕   내가 피해망상에 빠지니까. 내 의견을 듣고 싶나? 피해망상을 이해하고 싶으면 난 그걸 뒤집어보아야 한다고 생각해. 완전히 안팎을 뒤집는 거지. 그걸 파괴하라거나 하는 건 아냐. 단지 피해망상을 해결하려면 이 우주에 패턴 따위는 존재하지 않고, 모든 일은 혼돈한 우주 안에서 우연히 일어난 것에 지나지 않고, 사람들은 의도 따위 갖고 있지 않다는 점을 이해시키면 돼. 인간은 중요하지 않다는 사실을 말이야.

월리엄스   존재 자체가 무의미하다는 걸요.

딕   응. 그게 해답이 되어주는 건 아니지만 말이야. "너라는 존재는 중요하지 않아. 아무도 너한텐 신경 안 써. 만사에 의미 따위는 없고, 네가 죽어도 아무도 눈 하나 까닥하지 않아. 이 지상에서 너를 위한 목적 따위 없어. 넌 무의미한 사회를 이루는 별 볼 일 없는 톱니의 하나일 뿐이야. 자, 기분이 나아졌나?"
    그냥 부인하는 대신 뒤집어놓는 거지. 그렇다면 그 패턴은 선해지고, 우리의 개인성을 초월한 것이 돼. 나는 이 우주가 실제로 살아 있고, 그 안에 존재하는 우리는 일부라고 느낀다네. 우주는 살아 숨 쉬는 생물이나 마찬가지이고, 인도 철학의 아트만• 개념은 그런 자각에서 나온 거야. 숨, 프네우마••, 신의 숨결…… 이 우주는 호흡하고, 우리도 그걸 느끼지. 들어왔다가 나가는 움직임, 수축과 이완, 들숨과 날숨, 뭐라고 부르든 간에 우린 그 움직임을 느끼는 거야.

개개의 객체가 살아 있다는 뜻이 아니라, 우주 전체가 스스로를 자각하는 하나의 존재라는 뜻일세. 우리 인간은 그 일부이고, 결코 그 바깥에 존재하지 않아.

그리고, 그리고, 뭐랄까 그건 일종의, 일종의, 하여튼 〈악튀엘〉의 기사를 읽어보면 알 거야.

하여튼 이게 피해망상의 역逆이라는 건 자네도 이해하겠지. 정반대라는 걸 말이야. 또 다른 반대말은 패턴이 존재하지 않는다고 하는 거겠지? 그것도 결국은 같은 얘기야. 하지만 안팎을 뒤집어놓는다는 말이 가장 적절하겠군. 만물은 움직이고, 변하고, 성장하고, 발달하기 마련이고, 우리 인간도 그것과 함께 움직여. 우리는 이런 움직임에서 결코 도망칠 수 없고, 그 계획에서 도망칠 수도 없어.

윌리엄스   우리가 아무리 노력하더라도요.

딕   응. 고래에게서 도망치려고 하던 요나처럼. "고래에게서 도망

• 산스크리트어 ātman의 원래 뜻은 '호흡'이며, 나아가서는 생명, 사물의 본질, 독립적이고 본질적인 주체, 자아를 의미하게 되었다.

•• pneuma, πνεύμα. 고대 그리스어로 '숨'이나 '호흡'을 가리키며, 나아가서는 영혼을 의미한다.

쳐보라고!" 그건 신으로부터 도망치려는 것이나 마찬가지야. 일종의 은유지. 신이 요나를 집어삼켰고 그걸 본 고래가 신을 향해 고함을 질러 그를 뱉어내게 했던가…… 성경에 정확히 어떻게 나와 있었는지는 기억이 나지 않는군.

하여튼 우리가 우주의 일부라는 건 알겠지. 그게 우리를 구현하거나 그랬다는 얘긴 아니고, 단지 그건, 뭐랄까, 패턴이야. 그러니까…… 자네가 〈악튀엘〉을 읽는 게 더 빠르겠군.

나는 학창 시절에 배운 프랑스어 실력을 총동원해서 〈악튀엘〉을 읽어보았지만, 딱히 새로운 정보를 알아내지는 못했다. 미셸 드뮈트의 짤막한 필립 K. 딕 인터뷰(1974)에는 다음과 같은 소제목들이 붙어 있었다. "Le Chaos" "L'acide" "Le suicide" "Les machines" "La société totalitaire" "La paranoia". 각각 혼돈, 애시드, 자살, 기계, 전체주의적 사회, 피해망상을 뜻하는 단어들이다. 캐나다에서 자살 시도를 했다가 헤로인 중독자들을 위한 재활센터에 들어갔을 당시의 경험에 관한 필의 회고를 읽어보니, 내가 과거에는 자세히 들여다보지 않았던 아이러니를 느낄 수 있었다. 필이 'X-캘레이'라는 이름의 이 재활센터에 들어가기 위해 마약중독자인 척할 필요가 있었다는 사실은 그의 소설에 곧잘 등장하는, 안드로이드가 인간인 척하는 상황과 정반대고, 또 그가 X-캘레이에 들어간 목적이라는 게 누군가가 자기를 24시간 내내 감시해주는 장소에 있기 위해서였다는 두 가지 부분에서 말이다.

"La paranoia"라는 소제목이 붙은 대목에서 필은 다음과 같이 말하고 있다.

"놀라움은 피해망상의 해독제다. 놀라움을 많이 경험하며 삶을 살아
간다는 사실은 당신이 피해망상에 사로잡히지 않았다는 점을 증명해
준다. 진짜 피해망상 환자들에게 놀라움 따위는 존재하지 않기 때문
이다. 모든 일은 정확히 예상대로 일어나고, 이 신념 체계에서는 모
든 것에 합당한 자리가 있다. 우리 같은 경우는 그런 체계를 가질 수
없다. 아마 보편적인 가설에 의해 우주를 설명할 수 있다고 주장하
는 체계 내지는 언어적, 상징적, 의미론적인 태도는 모두 피해망상
의 발로라고 할 수 있다. 그러는 대신 우리는 신비함, 부조리함, 모
순, 적의 따위를 감수해야 할 뿐 아니라, 우리 환경의 아낌없는 관대
함에도 만족해야 한다. 아주 큰 만족감을 얻을 수 있는 것은 아니지
만, 피해망상의 치명적이며 패배주의적인 확신보다는 그나마 낫다."

미래를 예감하다

혼자서 머릿속에 있는 생각들만으로
익숙한 일을 한다는 건
상당히 매력적으로 느껴진다네.

에이플   소설을 쓸 때 어떤 특별한 습관이 있습니까? 자기 책을 세상에
        내놓기 위한 확실한 지침 같은 걸 확립하지는 않으셨는지요?

딕   내가 글을 쓰는 습관은 두 개의 뚜렷한 패턴으로 나눌 수 있
        네. 첫 번째 패턴은 1년에 세 권에서 네 권의 장편소설을 쓰
        는 건데, 그렇게 안 쓰면 굶어 죽을 위기에 처하기 때문이었

D. 스콧 에이플D. Scott Apel과 케빈 C. 브릭스Kevin C. Briggs는 1977년 6월 20일, 필립 K. 딕
을 캘리포니아주 소노마에 있는 그의 여자친구의 집에서 인터뷰했다. 이 인터뷰는 2014년
에 임퍼머넌트 프레스에서 출간된『과학소설: 구전 역사Science Fiction: An Oral History』에 실렸
다. 인터뷰어 D. 스콧 에이플은 미스터리소설 및 영화에 관한 전자책들을 펴냈다. 그가 쓴
『필립 K. 딕: 드림 커넥션Philip K. Dick: The Dream Connection』은 크리에이트스페이스사의 페이
퍼백과 전자책으로 볼 수 있다. 작가이자 시인 케빈 C. 브릭스는 2007년에 사망했다.

어. 그래서 난 1년에 서너 권을 썼네. 밴텀 출판사의 담당 편집자 마크 허스트는 내가 5년 동안 열여섯 편쯤 장편을 썼다고 하더군. 사실인지 아닌지는 모르겠지만.

에이플 몇 편 썼는지 세어보지도 않았단 말입니까?

딕 흠, 쉬지도 않고 매일 쓰고 있었으니까 말이야. "끝"이라고 치고 그 종이를 끄집어낸 다음에, 다른 종이를 끼우고 "1장"이라고 쳤던 기억이 나는군. 장편 하나를 그런 식으로 썼는데, 난 책 한 권당 최소한 두 번은 고쳐 쓰니까 한 권당 600장으로 계산하면 3주 만에 1200장에 달하는 글을 썼다는 얘기가 되는군. 그때는 정말로 너덜너덜해지기 시작하고 있었어. 물론 전동 타자기를 비롯해 다작할 수 있는 환경을 완벽하게 갖추고는 있었지.

그러던 중에 두 가지 요인이 변화하는 시점이 왔어. 첫 번째 요인은 단순히 몸이 피곤하다는 사실이었네. 설령 그럴듯한 아이디어가 얼마든지 있다고 해도 그런 식으로 영원히 글을 쓸 수는 없는 법이지. 몸이 말을 안 들으니 어쩔 도리가 없던 거야. 그건 내가 『높은 성의 사내』로 휴고상을 탄 직후인 1964년 전후의 일이었어. 나는 "쇠뿔은 단김에 빼라고 했어"라고 중얼거리며 쉬지 않고 글을 썼어. 글을 쓰는 멍청한 기계에 가까웠지. 5년 동안 장편을 열여섯 편 썼으니. 그런 일정을 유지하는 직업을 가진 작자의 기대수명이 얼마쯤 될 것 같나? 난 아이디어가 고갈되었던 게 아니라, 에너지가 고갈

샌프란시스코 SF 컨벤션 중 로비에서 대화를 나누고 있는
딕과 그의 아내 낸시 딕, 로버트 실버버그

되었던 거야. 스스로를 쥐어짜고 있었던 거지.

그러다가 또 다른 일이 일어났다네. (과학소설 작가이자 편집자인) 테리 카가 내게 말하더군. "자네가 쓴 소설은 모두 똑같아"라고 말이야. 그 순간은 정말이지 생생하게 기억하고 있네. 내 장기 기억 저장고에 뚜렷하게 각인되었다고나 할까. 그런 다음 카는 이렇게 말했어. "폴 앤더슨*이 쓴 소설을 한 권 읽어보면 그게 다른 폴 앤더슨 소설과는 완전히 다르다는 걸 알 수 있어." (난 이 의견에 찬성할 생각은 없지만, 하여튼 카 그 친구가 한 말은 그랬어.) "밥 실버버그**가 쓴 소설을 하나 읽어봐. 그 역시 다른 밥 실버버그 소설들과는 다를 거야. 하지만 자네가 쓴 소설을 하나 집어 들고 읽어보면, 자네가 쓴 다른 소설들과 똑같아. 팬들도 불평하고 있고. 그러니까 현실이 뭔지 계속 알아내려 하고 현실이 무엇인지 계속 묻는 일을 중단하고, 현실이란 뭔지 정말로 얘기해보게." 그때 난 이렇게 생각했네. 세상에! 이렇게 심오한 조언을 들을 줄이야. 내가 그 주제에 줄기차게 천착해온 건 사실이었어. 현실이란 무엇인가? 그런데 지금 그들이—지금 내가 말한 '그들'이 누군지 자네도 알겠지—자네 주위를 둘러싸고 있는 거인들……

에이플   SF 문단의 거물들이요.

●   Poul Anderson. 미국의 거물 SF 작가. 대표작으로 '타임 패트롤Time Patrol' 시리즈 (1955~1995), 『타우 제로Tau Zero』(1970) 등이 있다.

●●   Robert Silverberg. 미국의 SF, 판타지 작가, 편집자. 대표작으로 『밤의 날개Nightwings』 (1968), 『시간선 역행Up the Line』(1969) 등이 있다.

딕 **거물들.** 맞아. 그 거물들이 나더러 현실이 뭔지를 얘기해보라고 요구하는데, 내가 그럴 생각을 전혀 하지 않았던 건 그게 뭔지 나도 몰랐기 때문이었어. 현실이 뭔지에 대해 난 아무런 지식도 갖고 있지 않았던 거야. 그래서 난, "어이 친구들, 정말로 현실적인 게 도대체 뭐야?"라고 하소연하는 것밖에는 달리 할 수 있는 일이 없었어.

●

딕 내가 되고 싶어 하지 않은 것이 하나 있다면, 그건 피해망상에 사로잡힌 편집증 환자라네. 내가 스스로 편집증 환자라고 생각했다면, 일찌감치 타월을 던졌겠지. 내가 무슨 논쟁을 벌이려고 할 때 내 입을 틀어막고 싶다면 딱 하나, 당신 피해망상 아니냐고 물어보면 돼…….

(1971년 11월에) 내가 살던 집이 털렸을 때, 당시 함께 살고 있던 여자친구와 나는 일어날 일이 마침내 일어났다고 믿었다네. 언젠가는 누군가가 집으로 쳐들어와서, 그냥 문을 부수고 들어와서, 집 안을 엉망진창으로 만들고 물건을 훔치고, 약탈할 거다…… 뭐 그런 예감을 가지고 있었던 거야. 우린 일주일쯤 그런 예감에 시달렸어. 친구들 모두가 나와 여자친구에게 피해망상이라고 말하더군. 하지만 내가 여자친구를 데리고 집에서 나왔고, 바로 그다음 날에, 그런 일이 일어났던 거야…… 우리 두 사람이 예상했던 그대로 말이야.

여기서 몇 가지 흥미로운 의문을 제기할 수 있겠지. 미지의,

눈에 보이지 않는 사람들이 언제든 자기 집을 약탈할 수 있다고 믿는다면 어떤 의미에서는 피해망상인 게 맞아. 난 여자친구하고 침실에 틀어박혀서 이렇게 말했던 걸 기억하네. "흠, 그럼 이렇게 하자고. 가스 회사에 전화를 걸어서 보일러의 파일럿 라이트*가 꺼져버렸다고 거짓 신고를 하는 거야. 그럼 가스 회사 트럭이 올 테고 기사들이 점검을 위해 당분간 우리 집 뒤뜰에 있겠지. 그럼 우리는 한두 시간을 벌 수 있어." 우린 누군가가 우리 집에 침입할 거라는 걸 확신했어.

에이플   당신이 직면했던 딜레마는 닳고 닳은 농담을 떠오르게 하는군요. 당신이 피해망상이라고 해서 당신을 노리는 사람들이 **없는** 건 아니다.

딕   응. 그렇게 확신한 건 여자친구가 먼저였네. "우리 집에 누가 침입할 거라고 생각해." 완전히 돌아버린 게 아닌가 하는 생각이 들 정도였어. 글쎄 에어컨의 코일을 통해서 숨어 들어올 게 틀림없다고 하더라고. 과도한 스트레스로 쓰러지기 직전이라 집에서 데리고 나가는 수밖에 없었어. 식당에 데리고 가면 그냥 앉아서 메뉴를 바라볼 뿐이었어. 자기 힘으로는 주문조차 못 했기 때문에 마치 어린애라도 되는 것처럼 내가 대신 주문해줘야 했어. 하지만 그녀 말은 틀림없는 사실이었어. 나도 그렇게 확신하고 있었기 때문에 함께 집에서 나왔던 거야.

•   구식 가스레인지나 난방 기구에 내장된 작은 점화용 불꽃이며, 24시간 켜둔다.

마약 단속반에게 집을 강제로 수색당한 사람들과 이야기를 나눠본 적이 있네. 노크도 뭐도 없이 그냥 문이나 창문을 박차고 들어오는 종류의 수색 말이야. 그 친구들 역시 수색을 당하기 전부터 누군가에게 감시당하고 있다는 묘한 느낌에 시달렸고, 그 감시는 강제 수색의 예비 단계라는 생각이 들었다는군. 그러다가 정말로 강제 수색을 당했던 거야. 그런 예감은 과거에 우리 조상들이 밀림에서 사나운 포식자들에게 쫓기던 시절 가지고 있었던 본능의 잔재일지도 모르겠군.

에이플   흥미로운 건 특히 카운터컬처에서 그런 식의 육감 얘기를 많이 들을 수 있다는 점입니다. 부분적으로는 거기에 속한 사람들이 다양한 종류의 약물에 노출되기 때문이라는 생각이 드는군요. 그런 사람들은 "틀림없이 놈들이 우리 집을 수색하러 올 거야"라는 식의 예감을 좀 더 열린 마음으로 받아들인다고 생각합니다. 대부분의 사람은 그게 비이성적이라 느끼고 떨쳐버리겠지만 말입니다.

딕   흠, 카운터컬처에 심취해 있다면 금지된 물건을 지니고 있기 마련이고, 그게 들통날 가능성은 언제든지 있으니까 말이야. 합법적인 세계에서 그런 건 성립하지 않겠지. 그런 마당에 뭘 걱정할 필요가 있겠어? 기득권층은 어차피 사회를 지배하고 있으니까 그 작자들에게 강제 수색 따위는 농담에 불과해. 하지만 카운터컬처에서는…… 뭐랄까, 언더그라운드 만화인 '패불러스 퍼리 프리크 브라더스The Fabulous Furry Freak Brothers'

시리즈에 나오는 장면을 떠올리면 될 거야. 누가 문을 두드리자마자 그들은 숨겨둔 마약을 변기에 흘려보내지. 카운터컬처의 일원이라면 그런 느낌은 생활의 일부라고나 할까. 순찰차가 집 근처의 도로를 천천히 지나가기만 하면 다들 뒤뜰로 달려가 거기에서 기르던 걸 옆집 뜰에 던져 넣었던 일이 생각나는군.

그와 관련해서 한 번 끔찍한 경험을 한 적이 있네. 딱 한 번 무시무시한 일이 일어났지. 하하, 염병할, 집 근처에서 그놈의 빌어먹을 순찰차가 정말로 멈춰 섰고, 그 뒤에 암행 순찰차까지 한 대 있었던 거야. 그래서 우린 드디어 올 게 왔다고 생각했어. 뒤뜰에 심어놓았던 대마초 한 포기가 있었는데, 우리는 비상시에 따라야 할 일련의 지시를 이미 외우고 있었지. "풀을 뽑고, 뽑은 걸 힘껏 던질 것." 그래서 나는 그 풀을 뽑아서 옆집 울타리 너머로 던졌어. 그런 다음 고개를 드니, 울타리 반대쪽에 태어나서 본 사람 중 가장 우람한 덩치를 가진 흑인 친구들이 세 명 서 있었던 거야. (웃음) 거기 그렇게 우뚝 서서, 발치에 떨어진 그 풀을 내려다보더니, 그중 한 명이 이렇게 말했어. "우리도 단속 차량을 봤어." 뭐라고 대답해야 할지 알 수 없더군. 그래서 그냥 집 안으로 돌아왔어. (웃음) 그러고는 얼마 안 되어서—그러니까, 한 시간쯤 뒤에—현관문을 두드리는 소리가 들리더라고. 문을 열어보니 아까 본 세 명의 흑인 친구들이 서 있었어. 이런 생각이 떠오르더군. 얘네들 날 죽일 거야. 내가 그럴 만한 일을 했지. 솔직히 할 말이 없더라고…… 하지만 그 친구들이 실제로 한 건 우리가 기르던 풀을 오븐에 구운 다음에 다듬어서 조인트*를 만드는 일이 었어. 그리고 그걸 우리한테 나눠 줘야겠다고 생각했던 거지. 그래서 우리는 모두 둥글게 모여 앉아서 그걸 몽땅 피웠다네. 그때 난 이렇게 생각했네. 나라면 저렇게 행동하지는 못했을 거야. 하지만 자기 집 뒤뜰에서 뭔가를 몰래 기르고 있다면, 24시간 내내 피해망상에 시달려도 전혀 이상할 것이 없어. 그 빌어먹을 물건을 뒤뜰에서 뽑아내기 전까지는 말이야.

●

에이플   SF 작가가 가장 두려워하는 일이란 뭘까요?

딕   나는 내 얘기밖에 할 수 없지만, 1964년에 오클랜드의 맥아더 고속도로에서 차를 몰던 중에 다 무너져가는 낡은 호텔이 눈에 들어오더라고. "날이나 주 단위로 방 대여합니다"라는 간판이 달려 있었어. 그때 난 이렇게 중얼거렸지. "나도 오클랜드의 빈민가에 있는 저런 낡아빠진 호텔의 좁은 방에서 살게 될 거야. 내일 그럴 수도 있고, 20년 뒤에 그럴 수도 있겠지만, 언젠가는 그렇게 될 거라는 확신이 있어. 끔찍한 운명이 나를 기다리고 있다는 걸."
그런 다음 왜 그런 느낌을 받았는지 분석해보려고 했네. 왜 내가 그런 꼴을 당한다는 거지? 많은 부분은 SF 작가들이 놓

●   담배 모양으로 만 대마초.

인 재정적 상황과도 관계가 있었어. 하인라인 같은 거물 작가는 예외로 치더라도 말이야. 정말로 끔찍한 건 고립과 고독함이겠지만.

글쓰기란 고독한 직업이라네. 내 지인 중에도 SF 작가가 되고 싶다는 큰 야망을 품은 친구가 하나 있었는데, 두 번째 장편을 쓰던 중에 아내가 집을 나갔어. 집을 나간 이유 중 하나는 그 친구가 하루 종일 글만 썼기 때문이었어. 그 친구는 그로부터 1년이 지난 뒤에도 매일 이렇게 자문한다더군. "그런 대가를 치러야 SF 작가가 될 수 있는 거야?" 그 친구는 자기 경험이 내 경험을 빼닮았다는 걸 알고 있었어. 나도 함께 살던 여자가 나를 버리고 떠난 적이 여러 번 있었거든. 하필 내가 책을 집필하던 와중에, 심리적으로 아주 취약한 상태에 있었을 때 말이야. 그때 나는 심리적 에너지를 모두 그 책을 쓰는 데 쏟아붓고 있었어. 그 친구가 말하길, 그건 SF 작가들에게 피할 수 없는 운명 같은 것이 아닌가 하는 생각이 들었다더군…… 다른 여자와 새로운 만남을 가지더라도, 계속 글을 쓴다면 똑같은 일이 또 일어나지는 않을지 두려워하고 있었어.

에이플   고독감과 낮은 보수에 직면하면서도 글쓰기를 계속하려면 불굴의 용기가 필요한 법입니다. 앞으로도 줄곧 타자기 앞에 홀로 앉아서 자기 생각만을 벗려 삼아 살아가야 한다는 걸 알고 있는 것이죠. 하지만 어떻게 보면 그런 상황은 글쓰기 자체에 도움이 될지도 모르겠군요. 외부 세계가 그토록 가혹하다면,

차라리 내적 세계에 푹 잠겨서 책을 내도 좋을 정도의 판타지를 탐구하는 쪽이 낫다고 느낄 수 있으니까요.

딕   날카로운 지적이군. 샌타애나에서 난 바로 그런 식으로 살고 있었다네. 당시 여자친구가 집을 나가고 내가 처음 느낀 감정이 안도감과 행복감이었다는 사실을 깨달았을 때는 정말 두려웠지. 혼자서 머릿속에 있는 생각들만으로 익숙한 일을 한다는 건 상당히 매력적으로 느껴진다네. 그때 난 1964년에는 그토록 끔찍하게 느껴지던 운명을 난생처음으로 받아들일 준비가 되어 있었고. 사실 좋은 아파트에 마음에 드는 차도 소유하고 있었으니 나쁜 생활이 아니었어. 난생처음으로 고독이 작가에게는 유용할 수 있다는 사실을 깨달았다고나 할까. 조앤을 만났을 때는 어떤 근본적인 결정을 내려야 했어. 그녀와 사귀고 싶은가 사귀고 싶지 않은가가 아니라, 더 이상 누군가와 사귀고 싶은지를 스스로에게 물었던 거야. 난 살아오면서 너무나도 많은 여자를 만났지만 모두와 안 좋게 끝났거든……. 적어도 전부 끝난 게 사실이고, 내 입장에서 그건 안좋은 것과 동의어야. 그래서 혼자 있는 것이 나의 글에 어떤 긍정적인 효과를 끼치든 간에, 혼자라면 나는 언제나 이렇게 자문할 거라고 생각했어. "왜 이래야 하는 건데?"라고 말이야.

●

에이플   우리는 당신의 소설들이 무슨 예지 능력의 산물이 아닌가 하는 지적을 곧잘 받는다는 사실에 관해 생각하고 있었습니다. 이를테면 『당신을 만들어드립니다We Can Build You』에 등장하는 링컨의 시뮬라크르는 디즈니의 로봇인 미스터 링컨보다 몇 년이나 앞서 있지 않습니까.

브릭스   그리고 당신이 가끔 등장시키는 '뉴스광대newsclowns'는 뉴스의 긍정적인 면만 보도한다는 텔레비전의 '해피뉴스Happy News' 개념보다 훨씬 먼저 나왔습니다.

시간이 흐르면 흐를수록 내 소설에
예지적 요소들이 존재한다는
사실을 받아들이는 수밖에 없었다네.

딕   내가 소설에서 쓴 것들이 미래를 예언한 것처럼 되어버렸을 때는 정말로 소름이 끼쳤어. 그런 요소들은 정말로 존재하네. 그런 것을 자각하는 빈도는 내가 쓴 책의 수와 정비례한다고 보면 되네. 그런 요소가 존재할 경우, 글을 쓰면 쓸수록 나는 그걸 자각하게 됐거든.
이 기회를 빌려서 공식적으로 예를 하나 들어보기로 하지. 『흘러라 내 눈물, 경관은 말했다』(1974)의 초고에 캐시라는 이름의 젊은 여자가 등장하네. 그녀의 남편 이름은 잭이고. 캐시는 열아홉 살이고, 전체주의 체제에 저항하는 불법 지하조직을 위해 일하는 것처럼 보이지만, 실제로는 강제 노동 수용소에 갇힌 남편 잭을 풀려나게 하고 싶은 일념에서 경찰의 밀정으로 일하고 있어. 그녀가 협력하는 경찰관은 경위 계급이었는데, 이건 이례적인 일이었지.

이 책의 초고는 1970년에 완성됐지만 당장 출간하지는 않았어. 그리고 1970년 12월에 나는 캐시라는 여자를 만났지. 열아홉 살이었고, 마약 딜러였어. 그런데 이건 1년 뒤에나 알게 된 일인데, 그녀는 경찰에 체포된 적이 있었고, 기소를 취하하는 조건으로 경찰의 밀정이 된다는 거래를 했던 거야. 그녀의 남자친구 이름은 잭이었고, 그녀가 협력한 경찰관의 계급은 경위였어. 내 소설의 예지적인 측면에 대경실색한 건 바로 그때였네. 너무나도 현실에 근접해 있어서, 나중에 소송을 당하더라도 제대로 반론하기 힘들 정도였어. 변호사가 그런 걸 모두 증거로 수집하는 광경이 뇌리에 떠오르더군. 구체적인 증거로서 말이야.

에이플   그런 일들 하나하나가 모두 우연의 일치로 치부될 수도 있습니다. 누구든 캐시나 잭처럼 흔한 이름을 가진 사람들을 알기 마련이고, 카운터컬처의 일원이라면 당연히 마약 딜러하고도 친분이 있다, 이런 식으로 말입니다. 하지만 그렇게 많은 '우연의 일치'가 쌓이면 그건 더 이상 우연이 아니게 됩니다.

딕   그 사실을 깨달은 뒤로 많은 시간을 들여 곰곰이 생각해봤어. 사실 여러 사람이 내가 쓴 소설에 예지적인 요소들이 있다고 지적해주기는 했지만, 『흘러라 내 눈물, 경관은 말했다』 사건을 경험할 때까지는 크게 신경을 쓰지 않았지. 맙소사. 난 캐

필립 K. 딕에게는 곧잘 따라붙는 수식어가 있습니다. '광기의 SF 대가'라는 말이죠. 짧은 생애 동안 44권의 장편, 120여 편의 중단편이라는 수많은 작품으로 세계관을 확고히 했다는 점뿐만 아니라, 그의 삶을 오랫동안 불안하게 했던 우울증과 신경증, 약물로 인한 환각작용으로 잘 알려져 있기 때문입니다. 그러나 광기만으로 그를 압축하기엔 그가 남긴 이야기들이 너무나 다채롭습니다.

어려서부터 존재의 이유와 정체성에 대해 질문을 던졌던 필립 K. 딕은 철학과 심리학을 비롯해 역사학, 동물학 등 다양한 학문에 매료되었습니다. 많은 연구 끝에 그는 실용보다 윤리를 선택하는 것이 곧 인간다운 일이라 결론 내렸는데요. 인간과 비인간을 나누는 시도는 필립 K. 딕의 문학에 자주 등장하는 안드로이드 개념에도 일조했죠. 진정한 인간을 어떻게 정의할 수 있는지 묻는 1974년의 인터뷰에서 그는 이렇게 대답합니다. "예를 들자면, 그릇된 일을 하라는 명령을 받았을 때 그걸 거부할 수 있는 능력을 가진 존재. '아니, 나는 죽이지 않을 거야. 폭탄을 떨어뜨리지 않을 거야.' 이렇게 말할 수 있는 존재."

이번 인터뷰집에는 사후에 비로소 조명받기 시작했던 작품들에 대한 비화와 더불어 필립 K. 딕의 사적인 장면들이 담겨 있습니다. 그가 친근한 말투로 풀어놓는 작품과 그 밖의 이야기에 서서히 빠져들어보시기를요.

마음산책 드림

시의 협력 상대인 경위를 **실제로 본** 적이 있다네. 그래서 알게 됐던 거야. 캐시와 나는 어떤 식당에 들어가려던 참이었는데, 그녀가 갑자기 멈춰 서더니 이렇게 말하더라고. "여긴 못 들어가요. 무슨 무슨 경위 그 인간이 죽치고 앉아 있어서." 소설에서 그는 쥐색 외투 같은 걸 입고 있었는데, 그 친구도 쥐색 외투를 입고 거기 앉아 있었던 거야.

그래서 정말로 그 부분에 대해 신경을 쓰게 되었던 거지. 그러던 중에 내 소설의 예언 같은 부분이 내가 자고 있을 때 꿈의 형태로 나타난다는 사실을 깨달았어. 1972년의 일이었고, 그 시점부터 나는 내가 꾸는 꿈들에 대해 정말로 주의를 쏟기 시작했어. 시간이 흐르면 흐를수록 내 소설에 예지적 요소들이 존재한다는 엄연한 사실을 받아들이는 수밖에 없었다네.

아이러니한 건 내가 낸 두 번째 장편소설인 『존스가 만든 세계The World Jones Made』(1956)가 예지 능력자에 관한 이야기였다는 점이겠지. 존스에게는 아무 도움도 안 되는 능력이었지만 말이야. 어떤 사건을 미리 알더라도 그걸 피할 수가 없었으니. 존스에게는 지옥이나 마찬가지였지. 존스는 1년 후의 미래를 미리 알 수 있었는데, 인생의 마지막 해에 도달하자 자기가 죽어 있는 미래를 봤어. 당사자에게는 아무런 선택의 여지도 없는 능력이었던 거야.

필립 K. 딕과 그의 고양이, 1977

쥐를 잡으려면

필립 K. 딕 씨는 위엄이 있고, 사려 깊은 인물이었다. 살짝 통통한 체형에, 머리는 검고 턱수염은 희끗희끗한 그의 모습에서는 격의가 없는 기품마저 느껴진다. 딕 씨는 박식하고 대화 상대가 주눅이 들 정도의 다독가였지만, 학자에게서 흔히 볼 수 있는 가식적 태도나 짐짓 초연한 체하는 느낌은 전혀 찾아볼 수 없었다. 그는 캘리포니 아주 샌타애나의 간소하고 자그마한 아파트에서 두 마리의 고양이와 함께 살고 있다. 아파트에는 조금 낡아 보이는 현대식 가구 몇 개와 여기저기 쌓여 있는 참고용 서적들, 그리고 고가의 스테레오 오디오 시스템이 놓여 있다. 테이프녹음기를 가방에서 꺼내면서 나는 그가 이미 자기 녹음기로 녹음할 준비를 마쳤다는 사실을 깨달았다. 윗부분이 검정 유리로 된 탁자 위에는 슈어SHURE사의 고성능 마이크로폰이 놓여 있었다. 내가 인터뷰를 녹음하는 동안 그도 우리의

이 인터뷰는 1979년 5월 17일에 진행되었다. 인터뷰어 찰스 플랫Charles Platt은 46편의 소설과 논픽션을 쓴 작가이며, 잡지 〈와이어드Wired〉의 상급 기고가였고, 현재는 잡지 〈메이크Make〉의 객원 편집자로 일하고 있다.

대화를 녹음할 작정임이 명백했다. 내 시선이 향한 곳을 본 그는 얼버무리려는 듯한 태도를 보였고, 별것 아니라는 말투로, 인터뷰를 할 때마다 그도 녹음하는 습관이 있다고 말했다. 그의 이런 행동을 피해망상적이라고 할 수도 있겠지만, 나는 그렇게 느끼지 않았다. 하지만 딕 씨는 마치 이 인터뷰가 공개되었을 때 내가 정확하게 그것을 받아 적었는지를 확인할 작정으로 보였다는 것도 사실이다—아니, 이렇게 생각하는 내가 오히려 피해망상적인 걸까?

플랫   처음으로 SF를 쓰기 시작했을 때, 당신은 버클리에 재학 중인 학생이었고 라디오와 TV를 파는 상점에서 아르바이트를 하고 있었던 걸로 알고 있습니다.

딕   묘한 상황이었지. 열두 살 때 SF 소설을 처음 읽어보고는 완전히 중독되었다네. 완전히 사랑에 빠졌던 거지. SF를 읽으면서 나는 버클리의 지식 계층이 읽는 책들도 읽고 있었어. 이를테면 프루스트나 조이스 같은 작가의 작품들을 말이야. 통상적으로는 서로 교차하는 법이 없는 두 개의 세계에서 동시에 살고 있었다고나 할까. 한편 그 가게에서 아르바이트를 하면서 내가 만난 사람들은 TV 판매원이나 수리공 들이었는데, 그 친구들은 내가 책을 읽는다는 **사실 자체**를 이상하다는 듯이 봤어. 대학 신입생 시절 난 정말 각양각색의 집단을 경험해봤지. 대부분 동성애자였어. 당시, 그러니까 1940년대에도 샌프란시스코의 베이 에어리어에는 상당한 규모의 동성애자 공동체가 존재했어. 거기서 아주 뛰어난 시인들도 몇 명 알게 됐는데, 그들과 친구 사이라는 게 정말로 자랑스러웠어. 그 친구들은 내가 게이가 아니라는 걸 되레 이상하게 보더군. 게이 친구들이 있고 책을 읽는 나를, TV 매장에 드나드는 사람들은 이상하게 봤고. 그리고 한편 공산주의에 심취한 내 친구들은 공산당에 가입하지 않는 나를 이상하게 봤어. 그런 마당에 SF에 빠진다고 해서 뭐 크게 달라진 건 없었어. 헨리 밀러는 자기 책에서, 다른 아이들이 자기를 보면 이상한 놈이라고 돌을 던졌다고 썼다네. 나도 같은 느낌이었어. 어디를 가든 간에 금세 모두가 나를 싫어하게 됐거든. 아무래도 난 그걸 즐기고 있었던 게 아닌가 하는 생각이 들지만 말이야. 그런 일이 너무나도 자주, 너무나도 다양한 방식으로 일어난 걸 보면 그래.

플랫   SF의 어떤 부분이 그렇게 매력적이었습니까?

SF를 통해서 우주의 신비적인 성질을
탐구할 수 있을지도 모르겠다는 생각을 했던 거야.

딕   난 열아홉 살 때 결혼했고, 내가 정말로 소설을 쓰기 시작한 건 그로부터 조금 더 지난 뒤의 일이었네. 스물한 살에 또 결혼했는데, 그러던 중 어떤 시점에서 SF가 매우 중요한 장르라는 느낌을 받기 시작했던 거야. 밴보트의 『비非-A의 세계』를 읽었을 때는 그 책의 무엇인가에 완전히 매료되었어. 그 소설은 신비로운 느낌을 줬고, 눈에 보이지 않는 것들의 존재를

필립 K. 딕과 그의 친구들, 1978년경

암시했고, 끝끝내 완전히 설명되지 않은 수수께끼들을 포함하고 있었지. 나는 거기서 일종의 신적인 느낌을 받기까지 했다네. 그래서 SF를 통해서 우주의 신비적인 성질을 탐구할 수 있을지도 모르겠다는 생각을 했던 거야. 지금 돌이켜보면 그때 내가 느꼈던 건 일종의 형이상학적인 중세였을지도 모른다는 생각이 드는군. 반쯤 보이는 것들로 이루어진, 눈에 보이지 않는 영역이라고나 할까. 기본적으로 중세인들이 현세를 초월한 세계, 내세라고 믿었던 것과 동일해. 하지만 난 딱히 종교적이지는 않았어. 어렸을 때는 퀘이커 학교를 다녔는데, 퀘이커 교도들은 내가 아무런 적의도 느끼지 않은 유일한 집단이라고 해야 할지도 모르겠군. 퀘이커 교도들과 나 사이에는 아무런 갈등도 일어나지 않았어. 하지만 퀘이커 교도라는 건 하나의 생활양식에 불과해. 버클리에는 종교적 감성 따위는 아예 존재하지도 않았고.

밴보트의 작품이 본질적으로 초자연적인 것들을 다루고 있다는 의견에 작가 본인이 찬성할지 안 할지는 모르겠지만, 적어도 나는 그렇게 받아들였다네. 나는 우리가 지각하는 것들이 실제로 그곳에 있는 것이 아니라는 느낌을 받기 시작하고 있었던 거야. 나는 융이 말한 투영의 개념에 흥미를 느꼈네. 우리가 외부의 상황으로 인식하는 것이 실제로는 우리의 무의식에서 투영되는 것이라는 지적 말이야. 그게 사실이라면 개인이 경험하는 세계는 타인들이 경험하는 그것과는 어느 정도 다르다는 얘기가 되지. 왜냐하면 개인의 무의식은 어느 수준까지는 그 개인 고유의 것이기 때문이야. 나는 자기 무의식이 투영한 여러 세계들을 경험하는 사람들을 다룬 일련의 이야기를 쓰기 시작했다네.

플랫   우리가 지각하는 세계가 실제로는 그곳에 존재하지 않는다는 느낌을 받게 된 계기는 무엇입니까?

딕   고등학교에서 기하학 선생을 바라보았을 때의 경험이었어. 수업 중에 그를 바라보고 있었는데, 새되고 딱딱거리는 목소리로 빠르게 설명을 하고 있는 걸 듣던 와중 갑자기 그가 진짜 인간이 아니라 기계 생물이라는 인상을 받았던 거야. 당장이라도 머리가 굴러떨어지고, 그 사이로 스프링이 드러날 듯한 느낌이었지.[*] 생각하면 생각할수록 그게 사실이라는 느낌이 강해지더군. 일단 그런 생각이 떠오른 뒤에는 도저히 마음에서 떨쳐낼 수가 없었어.

플랫   1950년대에는 한동안 SF뿐만 아니라 SF 밖의 분야의 글도 써보려고 시도한 걸로 알고 있습니다.

딕   그때는 SF나 판타지가 아닌 장편들도 많이 썼지. 모두 개인의 무의식이나 집단 무의식의 투영과 관련된 요소를 담고 있었고, 그 탓인지 그걸 읽은 독자들은 전혀 이해하지 못하기 마

•   이인증離人症 증세를 연상하는 이런 경험의 묘사는 딕의 장편 『화성의 타임슬립』(1964)에서도 찾아볼 수 있다.

런이었어. 그걸 이해하기 위해서는 우선 우리 모두가 유일무이한 자기만의 세계에 살고 있다는 나의 대전제를 받아들여야 했거든. 그런 소설은 팔기가 힘들더군. 『어느 허풍쟁이의 고백Confessions of a Crap Artist』은 1975년이 되어서야 팔려서 책으로 나왔는데, 그걸 제외한 나머지는 결국 출간되지 못했어. 아홉 권인가 열 권의 미출간 원고가 아직 남아 있지.°

먼 길을 걸어온 느낌이야. 하지만 SF는 내가 쓰고 싶은 것을 출판할 수 있는 길을 제공해주었다네. 『화성의 타임슬립』은 딱 내가 쓰고 싶어 하던 종류의 소설이었어. 그 소설은 내게는 너무나도 중요했던 전제를 다뤘어. 우리 모두가 각자의 심리적 내면으로 이루어진 유일무이한 자기만의 세계에 살고 있다는 가정뿐만 아니라, 어떤 강력한 인물의 주관적 세계는 다른 사람의 주관적 세계를 침해할 수 있다는 가정이었지. 만약 내가 보고 있는 세계를 자네도 볼 수 있게 하는 능력이 내게 있다면, 자넨 자동으로 나와 같은 방식으로 생각하게 될 거야. 나와 똑같은 결론을 내리고 말이야. 그리고 한 사람이 다른 사람들에게 행사할 수 있는 가장 강력한 능력이란 그들이 현실을 지각하는 방법을 조작함으로써 그들의 세계가 내포한 통일성과 개인성을 침해하는 능력이라네. 정치나 심리 치료에서 쓰이는 것도 바로 그런 능력이지.

나는 공격 요법을 경험한 적이 있어. 여러 사람이 한꺼번에 나를 향해 소리를 지르는데, 그러자 1930년대에 모스크바에

○   이 책들은 모두 작가 사후에 출간되었다.

서 벌어진 대숙청의 수수께끼가 갑자기 명확해지더군. 피고를 자리에서 일어나게 해서 진지하기 짝이 없는 어조로 자신이 범죄를 저질렀다고 인정하게 만드는 것은 무엇인가? 그 범죄의 대가는 처형인데도? 흠, 그런 일이 가능한 건 인간의 집단이 한 개인의 세계를 침범해 그의 자아상自我像을 규정함으로써 정말로 그로 하여금 타인의 관점을 믿어버리도록 할 수 있는 엄청난 힘을 가지고 있기 때문이라네. 공격 요법을 받던 중에 상당히 맵시 있게 옷을 입은 친구를 보았는데, 프랑스인이었어. 그때 사람들은 "너 동성애자처럼 보여"라고 말했는데, 반 시간도 채 지나지 않아 그 친구로 하여금 자기가 동성애자라고 믿게 하는 데 성공했어. 그 친구는 울더군. 나는 생각했어. 정말 이상하군. 난 저 친구가 동성애자가 아니라는 걸 알아. 그런데도 지금은 울면서 그게 사실임을 시인하다니. 게다가 "이 변태 호모 새끼야, 네가 그렇다는 걸 인정하라고" 어쩌고 하면서 고래고래 소리를 지르는 사람들의 비난을 멎게 하려고 그런 것 같지도 않았어. 되레 그 반대였지. 동성애자라고 고백하니까, 사람들은 오히려 더 크게 소리를 지르면서 "우리가 옳았어, 우리가 옳았어" 하고 합창했을 뿐이었거든. 결국 그 친구는 그냥 사람들이 하는 소리에 무조건 동의하기 시작했던 거야.

이 모든 일은 정치적이거나 심리적인 관점에서 바라볼 수 있어. 나는 내 소설에서 이런 관점을 극화했고, 어떤 인물의 세계가 다른 사람의 세계에 침식당하는 섬뜩하고 기괴한 상황을 묘사했지. 만약 내가 자네의 세계를 침식한다면 자넨 뭔가 이질적인 느낌을 받을 거야. 내 세계는 자네 것과 다르니까 말이야. 물론 자네는 거기에 맞서서 싸워야 해. 하지만 우리는 싸우지 않는 경우가 더 많은데, 그건 그런 과정 대부분이 우리가 눈치채지 못하도록 교묘하게 이루어지기 때문이야. 우린 단지 우리의 세계가 침식당하고 있다는 어렴풋한 느낌을 받을 뿐이고, 우리의 개인적 통일성을 향한 침략이 어디서 오는지도 알아차리지 못해. 보통 그런 건 큰 힘을 가진 권위자에게서 오기 마련이지.

플랫　　　그런 일에 관해 쓰면서 당신은 얼마나 독자들을 의식하고 있습니까?

> 본질적으로 내가 옹호하는 대의는
> 강하지 못한 사람들의 대의야.

딕　　　글을 쓸 때 나는 언제나 독자를 강하게 의식한다네. 소설을 통해서 독자에게 말을 건다고나 할까. 20세기의 가장 큰 위협은 전체주의적 국가라네. 전체주의는 국가뿐만이 아니라 좌파 파시즘, 심리학적 운동, 종교운동, 마약중독 재활 단체, 권력자들, 책략가들 따위의 다양한 형태로 나타날 수 있어. 심리적으로 자기보다 더 강한 위치에 있는 사람과의 관계에서도 그런 경향이 나타날 수 있지. 본질적으로 내가 옹호하는 대의는 강하지 못한 사람들의 대의야. 만약 나 자신이 강자였다면 전체주의를 그렇게 큰 위협으로 느끼지는 않았을지도 모르겠군. 하지만 난 강자가 아니기 때문에 약자에게 공감한다네. 내 소설의 주인공들이 본질적으로 반反영웅들인 건 바로 그 때문이야. 거의 루저에 가까운 친구들이지만, 나는 혹독한 세상에서도 그들이 살아남을 수 있는 특질을 부여하려고 노력한다네. 그러는 동시에, 폭압에 대항하려고 같은 수단을 쓰다가 어느새 상대방처럼 착취적이고 조작적인 인간이 되어버리는 걸 보고 싶지는 않고.

플랫   사람들이 당신더러 "아, 당신 피해망상이군요"라는 식으로 말할 거라는 생각이 드는군요. 적어도 1971년에 당신의 집을 누군가가 부수고 들어오기 전에는 말입니다.

딕   현관문을 여니까 집 안이 완전히 폐허가 되어 있더군. 창문이고 문이고 할 것 없이 다 박살이 났고, 서류 캐비닛은 폭탄으로 날아갔고, 내 서류는 몽땅 사라지고, 지급필 수표들도 사라지고, 전축도 사라져 있었어. 그때 이런 생각이 떠오르더군. 흠, 완전히 개판이 되긴 했지만, 적어도 그놈의 '피해망상' 이론은 자취를 감추겠군.
사실을 말하자면 난 상당히 유능한 분석가에게서 내가 편집증 환자가 될 수 있을 정도로 냉혹한 성격은 아니라는 얘기를 들은 적이 있다네. 그 친구는 이렇게 말했어. "당신은 과도하게 극적이고 인생에 대해 온갖 환상을 품고 있지만, 피해망상에 빠지기에는 너무 감상적입니다." 미네소타다면인성검사*를 한번 받아본 적이 있는데, 내가 피해망상이고, 조울증이고, 신경증에 조현병이라는 결과가 나오더군……. 어떤 문항에서는 너무나도 점수가 높았던 탓에 그래프의 꼭짓점이 설명문을 뚫고 올라갈 정도였어. 아예 꼭짓점이 보이지 않을 정도였지. 하지만 그 검사에서 나는 구제 불능의 거짓말쟁이라는 결과도 나왔어. 알다시피 그 검사에서는 같은 질문이 여러 방식으로 되풀이돼. 이를테면 "이 세상을 관장하는 신적인 존재는 있다"라는 문장이 나오는데, 그럼 나는 응, 아마 그렇겠지, 라고 대답해. 그러다가 나중에는 또 이런 문장이 나온다네. "나는 세상을 관장하는 신적인 존재가 있다고 생각하지 않는다." 그럼 나는 아마 맞는 얘기일 거야, 라고 대답해. 그런 주장에 동의할 만한 이유를 얼마든지 생각해낼 수 있거든. 그리고 그다음에는 "이 세상을 관장하는 신적인 존재가 있는지 없는지 나는 확신할 수 없다"라는 문장이 나오는 식이지. 거기서도 나는 그래, 맞는 얘기야, 라고 대답하지. 이 모든 질문에 대한 나의 대답은 진심이었어.

플랫 정말로요?

딕   철학적으로 난 소크라테스 이전, 그가 등장하기 직전에 활약했던 제논이나 혹은 그 이후의 디오게네스 같은 철학자들과 죽이 맞는다고 생각하네. 고대 그리스의 견유학파 말일

● 정신과 진단과 상담 치료 등에서 표준적으로 사용되는 체계적인 심리검사. MMPI.

세. 난 내게 제시된 그 어떤 주장에도 결국은 설득당하는 경향이 있어. 만약 지금 이 순간 자네가 나더러 중국 음식을 먹으러 가자고 제안한다면 난 그 즉시 너무나도 멋진 생각이라고 하면서 동의할 걸세. 사실, "정말 좋은 생각이니 내가 한턱 내지"라고 말할 게 뻔해. 하지만 자네가 느닷없이 중국 음식은 너무 비싼 데다가 영양가도 없고, 중국 식당은 어차피 여기선 너무 멀리 떨어져 있고, 포장해서 집으로 가져오면 이미 다 식어 있을 거라고 말한다고 치자고. 그럼 나는 자네 말이 옳아, 그런 건 줘도 안 먹어, 이렇게 말하겠지. 이건 내가 아주 약한 자아를 가지고 있다는 사실을 증명하는 건지도 모르겠군. 하지만, 모든 사람은 각자의 유일무이한 세계에서 살고 있다는 나의 관점이 옳다면, 자네가 중국 음식은 맛있다고 한다면 자네의 세계에서 그건 사실인 거야. 만약 누군가 다른 사람이 중국 음식은 별로라고 한다면, 그 사람의 세계에서 중국 음식은 별로인 거고. 난 완전히 상대주의자이기 때문에 "중국 음식은 좋은가 나쁜가?"라는 질문은 내 입장에서는 의미론적으로 무효라는 뜻이네. 자, 지금까지 나의 관점을 설명했네. 만약 자네의 관점에서 그것이 틀렸다면, 자네 생각이 옳을 수 있어. 그럴 경우 나는 자네의 의견에 얼마든지 동의할 용의가 있네.

플랫   LSD 체험은 당신의 그런 생각에 얼마나 많은 영향을 끼쳤습니까?

사람이 자기가 기억하는 것과는
다른 사람일 수도 있다는 아이디어가
내 입장에서는 정말 매력적이었어.

딕   내가 『어긋난 시간』을 쓴 게 1950년대였고, 그땐 LSD가 알려
     지기도 전이었어. 그 소설에서는 어떤 사내가 공원의 레모네
     이드 판매대를 향해 걸어가는 장면이 나오는데, 판매대는 '청
     량음료 판매대'라고 적힌 종이쪽지로 변해버리고, 그 사내는
     그걸 자기 호주머니에 집어넣어. 끝내주는, 머리가 핑핑 돌
     듯한, '애시드 체험' 그 자체가 아닌가. 진상을 몰랐다면 나는
     그 소설의 작가가 약에 취해 살았고, 자기 우주가 맛이 간 탓
     에 가짜 우주에 사는 신세가 되어버렸다고 단언했을 걸세.
     『어긋난 시간』에서 내가 보여주고 싶었던 건 사람들이 살고
     있는 세계의 다양성이었네. 헤라클레이토스•를 아직 읽기 전
     이었지. 그래서 책을 썼던 당시에는 그가 말하는 이디오스 코
     스모스idios kosmos, 즉 개인적 세계의 개념은 모르고 있었어.
     이디오스 코스모스의 반대는 코이노스 코스모스koinos kosmos,
     즉 우리가 공유하는 세계야. 소크라테스 이전의 철학자들이
     이미 그것들을 구분하기 시작했다는 건 나중에 가서야 알았
     다네.
     그 책에 주인공이 자기 집에서 컴컴한 욕실로 들어가서 전등

•   기원전 5세기경에 활동한 고대 그리스의 철학자. '세계 속의 만물은 변화한다'는 의미의 만
     물유전설을 주창했다.

118

에 달린 끈을 찾는 장면이 있는데, 갑자기 끈이 아니라 벽에 스위치가 있다는 걸 깨닫지. 그런 다음 전등 끈이 달린 욕실 따위는 기억나지 않는다는 사실을 깨닫는 거야. 난 실제로 그런 상황을 경험했고, 그 책을 쓴 건 바로 그 때문이었어. 밴보트가 쓴 『비非-A의 세계』에서 가짜 기억을 이식당한 등장인물 얘기가 떠오르더라고. 내가 쓴 많은 소설이 마치 애시드를 먹고 썼다는 인상을 줄지도 모르지만, 실제로는 밴보트를 아주 진지하게 받아들인 결과였어. 난 밴보트를 **믿었거든**. 워낙 거물이기도 했고, 사람이 자기가 기억하는 것과는 다른 사람일 수도 있다는 아이디어가 내 입장에서는 정말 매력적이었어. 내 소설에 그런 얘기가 많은 건 그 부분에 대한 불신의 유예가 강력하게 작용한 결과라고 할 수도 있겠지.

플랫   약물을 실제로는 얼마나 많이 섭취했습니까?

딕   내가 꾸준하게 복용한 건 암페타민*뿐이었어. 먹고살 수 있을 정도로 많은 책을 쓰려면 그게 필요했거든. 장편 한 권을 써도 쥐꼬리만 한 고료를 받았기 때문에 최대한 많이 써야 했어. 그야말로 미친 듯이 써 재꼈지. 5년에 열여섯 권이나 쓴 시기도 있었어. 하루에 60장 분량을 썼는데, 그렇게 많이 쓰려면 의사에게 처방받은 암페타민 알약을 먹는 수밖에 없었어. 마침내 그걸 끊었는데, 그 탓에 예전처럼 많이 쓰지는 못

•   각성제의 일종.

한다네.

플랫 LSD는요?

딕 예전엔 마치 애시드를 잔뜩 했다는 식으로 얘기했지만, 사실
을 말하자면 딱 두 번뿐이었어. 게다가 두 번째는 워낙 약했
고 양도 적어서, 애시드가 아니었을 가능성조차 있어. 하지만
처음에 했을 때는 캘리포니아대학교에서 입수한 산도스 애시
드였어. 족히 1밀리그램은 되어 보이는 엄청나게 큰 캡슐이
었는데, 친구하고 그걸 반씩 나눠서 삼켰지. 5달러에 산 물건
이었는데, 먹자마자 지옥에 떨어졌다네. 정말로. 눈앞의 풍경
이 얼어붙었고, 엄청나게 큰 바위들이 보였고, 지축이 쿵, 하
고 울렸어. 심판의 날이 왔고, 신에게 죄인 판정을 받는 기분
이었지. 이런 느낌이 몇천 년은 계속되었지만 상황은 나아지
기는커녕 점점 더 나빠지기만 했어. 육체적으로 엄청난 고통
을 느꼈고, 말을 하려고 해도 입에서는 라틴어밖에는 안 나오
는 거야. 정말 당혹스러웠는데, 그때 내 곁에 있던 여자애는
내가 자기를 놀리려고 그러는 줄 알더라고. 내가 비가 오는데
밤새도록 집 밖에 방치된 개처럼 처량하게 낑낑거리니까, 그
여자애는 **어휴 토 나와**, 라고 내뱉고는 넌더리를 내면서 방에
서 나가버렸어. 내 폴크스바겐을 몰다가 사고를 냈을 때하고
좀 비슷했어. 엉망진창이었지.

그로부터 한 달쯤 뒤에 『파머 엘드리치의 세 개의 성흔』
(1964)의 교정쇄를 받았는데, 이런 생각이 떠오르더라고. 맘

소사, 도저히 읽지 못하겠어. 너무 끔찍해. 알다시피『파머 엘드리치의 세 개의 성흔』은 이른바 'LSD 소설'의 고전으로 여겨지고 있지만, 실은 그걸 쓸 때 내가 참고한 건 올더스 헉슬리가 자신의 LSD 체험에 관해 쓴 글이 다야. 하지만 내가 그 책에서 묘사한 끔찍한 약물 체험들이 모두 애시드 탓에 실현되어버린 것처럼 보이는 느낌이더군.

1964년의 일이었는데, 당시 난 사람들더러 애시드를 절대 하지 말라고 충고하곤 했어. 어느 날 밤 어떤 여자애가 나를 방문했는데, 난 잉크 얼룩으로 재미 삼아 로르샤흐검사를 해보자고 했지. 그걸 만들어서 보여주니까, "뭔가 사악한 모양을 한 게 나를 죽이러 올 것 같아"라고 하더군. 그래서 난 "넌 애시드 따위는 절대 하면 안 돼"라고 신신당부했어. 그래서 그때는 하지 않았지만, 나중에 했다고 하더라고. 그 직후에 자살 시도를 해서 병원에 입원했는데, 결국 정신병을 앓게 됐어. 1970년에 다시 만났을 때는 정신이 아예 망가진 느낌이었어. 자기 입으로 애시드 탓에 완전히 파괴되었다고 하더라고. 난 환각제를 자칫하면 죽음에 이를 수도 있는 위험한 걸로 간주했지만, 고양이처럼 호기심을 억누르지 못했어. 인간의 정신에 대한 관심이 향정신성 약물에 대한 흥미로 이어졌다고나 할까. 본질적으로는 종교적인 욕구에 가까웠어.『파머 엘드리치의 세 개의 성흔』을 냈던 무렵 나는 미국 성공회 신자가 되었다네. 공공연하게, 의식적으로 종교에 흥미를 보이기 시작했던 거지.

플랫   미국 성공회 신자가 된 동기는 무엇입니까?

딕   아내가 교회에 가지 않으면 내 코를 부러뜨리겠다고 하더라
고. 판사나 지방 검사 같은 중요 인물들과 안면을 트려면, 성
공회가 가장 좋다나.

플랫   원래부터 종교적인 성향을 지니고 있다고 한 적이 있었죠.

딕   하루는 길을 걷다가 하늘을 올려다봤는데, 갸름한 얼굴이 나
를 내려다보고 있더라고. 눈이 일자형인 거대한 얼굴이었는
데, 이걸 『파머 엘드리치의 세 개의 성흔』에서 그대로 묘사했
지. 1963년의 일이었네. 사악하고 끔찍한 느낌을 주는 얼굴이
었어. 아주 뚜렷하게는 안 보였지만, 거기 있었던 건 확실해.

플랫   그 정체가 뭐라고 생각하십니까?

딕   몇 년 뒤에 마침내 알아냈지. 잡지 〈라이프Life〉를 읽다가 발
견했는데, 제1차 세계대전 중의 프랑스군 요새 사진에 있었
어. 무쇠로 만든 포탑 모양의 관측대였는데, 안에서 밖의 독
일군을 감시할 수 있도록 가느다란 틈새가 두 개 나 있었던
거야. 우리 아버지는 2차 마른전투에서 제5해병연대 소속으
로 싸웠던 참전 용사였어. 내가 어렸을 적에는 군대에서 쓰던
장비를 모두 보여주시곤 했지. 가스마스크를 쓰면 아버지의
눈이 사라져버리는 것처럼 보였던 것이 기억나는군. 아버지

는 마른전투 얘기뿐만 아니라 전쟁에서 직접 경험했던 끔찍한 얘기도 다 해줬어.

당시 네 살에 불과했던 나에게 내장이 다 쏟아져 나온 병사들 이야기를 해주고, 총이며 뭐며 다 보여주면서 총신이 새빨갛게 달아오를 때까지 쐈다고 했어. 독일군의 독가스 공격을 받은 적도 있었는데, 공격이 지속되면서 가스마스크 필터의 활성탄이 독가스로 포화 상태가 되지 않았나 두려웠던 나머지 극심한 공포에 빠져 마스크를 잡아떼는 병사들이 속출했다더군. 아버지는 거구에 잘생긴 남자였고, 풋볼이나 테니스를 즐기는 스포츠맨이었지. 〈라이프〉의 기사는 1차 대전 때 유럽으로 파견된 미 해병대의 활약상에 대해 언급하고 있었는데, 농촌 출신의 젊은 해병들이 레마르크가 소설 『서부 전선 이상 없다』에서 형언할 수 없는 용기, 형언할 수 없는 끔찍함이라고 묘사했던 그 전투를 어떻게 겪었는지 적혀 있었어. 그리고 거기 실린 사진 중에, 1963년에 하늘에서 나를 내려다보던 그 빌어먹을 요새의 포탑 모양 관측대 사진이 있었던 거야. 아버지가 나를 위해 그걸 그려줬거나 사진을 보여줬을 가능성조차도 있어.

플랫   종교에 귀의한 건 당신의 그런 체험을 받아들이기 위한 하나의 방법이었다고 할 수 있을까요?

딕   하늘에서 본 것에게서 도망치기 위해 기독교에 귀의한 건 사실이네. 내가 본 건 사악한 신이었어. 그보다 더 강력하고 선한 신이 존재한다는 사실을 확인함으로써 안심하고 싶었던 거지. 내 신부님은 내가 사탄의 존재를 정말로 느끼는 것 같으니 루터 교도가 되는 것도 한 방법이라고 하더군. 그 존재는 나를 계속 괴롭히고 있다네. 이 세계의 신이 사악하다는 사실을 시사하고 있거든. 붓다는 속세의 악을 보고 조물주는 존재하지 않는다는 결론을 내렸지. 조물주가 정말로 존재했다면 세상이 이토록 많은 악과 고통으로 가득 차 있을 리가 없거든. 그래서 나는 이 세계에 신이 있고, 그가 사악하다는 결론에 도달했어. 그 결과 나는 『죽음의 미로』 『유빅』 『파머 엘드리치의 세 개의 성흔』 『하늘의 눈Eye in the Sky』 등에서 되풀이해서 이 문제를 묘사했지. 1970년대에 과거 25년 동안 내가 했던 사고와 내가 쓴 글들을 돌이켜보면서 느낀 건데, 본질적인 문제는, 내가 이 세계의 주인이라고 지각한 신적인 힘이 잔인하고, 변덕스럽고, 맹목적이고, 무관심하고, 파괴적이거나 사악하다는 사실이었어.

자넨 이런 얘기에 관심이 있었던 거야?

플랫 관계가 있습니다. 아주 흥미롭군요.

딕 삼십대에 시골에서 살았을 때, 아이들 침실로 들어온 쥐를 잡아야 했어. 시궁쥐는 잡기가 쉽지 않기 때문에 쥐덫을 놓았지. 그날 밤 그 쥐는 쥐덫에 걸렸어. 다음 날 아침에 일어나서 그 방으로 가보니 내가 오는 소리를 듣고 쥐가 비명을 지르더라고. 나는 쇠스랑에 쥐가 갇힌 통방이를 걸어서 집 밖으로 나갔고, 그 안의 스프링을 작동한 다음에 풀밭 앞에서 우리 문을 열었지. 그랬더니 목이 부러졌는데도 기어 나오더라고. 그래서 쇠스랑으로 그 쥐를 찍었는데도 여전히 안 죽더군. 그 쥐는 단지 먹이를 찾으려고 집 안에 들어온 거였어. 쥐약을 먹은 데다가 목이 부러지고, 쇠스랑에 찍혔는데도 안 죽고 살아 있었어. 너무 끔찍해서 그 시점에 나는 완전히 광란 상태에 빠졌고, 집 안으로 달려가서 물을 채운 통을 가지고 나왔네. 그런 다음 통 안에 쥐를 넣고 익사시켰어. 죽은 쥐는 땅에 묻었는데, 내 목에 걸고 있던 성聖 크리스토퍼 메달도 함께 묻었어. 그때부터 그 쥐의 영혼은 줄곧 나와 함께하고 있다네. 우리가 사는 이 세계의 생명체들이 놓인 상황에 관한 하나의 의문이자 문제로서 말이야. 그 쥐는 먹을 것을 찾으려고 우리 집으로 왔을 뿐이야. 동기라고 해봤자 단지 그뿐이었는데 그렇게 죽어야 했던 거야.

이런 얘긴 관계가 없다고 생각한다면 그렇다고 얘기해줘.

플랫   아니, 아닙니다. 정말로 중요한 얘기였습니다.

딕   내 소설 『흘러라 내 눈물, 경관은 말했다』에서, 주인공인 제이슨 태버너가 잠복하고 있는 어둠에 잠긴 건물을 향해 무장한 사내들이 다가가는 대목이 있네. 그들이 다가오는 소리를 듣고 제이슨은 비명을 지르는데, 그건 내가 오는 소리를 듣고 쥐가 지른 바로 그 비명이었어. 1974년이 되어서도 난 여전히 그 쥐의 비명 소리를 생생하게 기억하고 있었지. 그토록 끔찍하게 죽은 그 쥐의 영혼을 몰아내지 못했던 거야.

그리고 내 삶이 바닥에 가까웠던 무렵, 이해 못 할 고통밖에는 눈에 들어오지 않던 시절, 내게 지복至福의 계시가 찾아와서 모든 공포와 악의 초월적인 힘에 대한 두려움을 가라앉혀 줬어. 나의 정신적 고통이 마치 신의 명령에 의한 것처럼 그냥 제거되었던 거야. 심리적이고 신비주의적인 개입에 의해서 말이야. 사악함 대신 선한, 모종의 초월적이고 신적인 힘이 개입해서 나의 정신을 복구하고 내 육체를 치유하고 이 세계의 아름다움과 환희와 온전함의 감각을 되찾게 해줬어. 그리고 난 이 경험에서 상대적으로 단순하고 신학적으로는 아마 유일무이할 수도 있는 개념을 빚어냈지. 비이성적인 것이 이 우주의 원초적인 층層에 해당하고, 또한 시간적으로 가장 먼저 오기 때문에 존재론적으로도 최초의 상태라는 개념이야, 본질의 단계라는 측면에서. 따라서 우주의 역사는 혼돈, 잔인함, 맹목성, 무의미함으로 점철된 비이성에서 조화롭고 합리적인 구조를 향해 변화하는 과정이었고, 이 구조는 질서 정연하고 아름다운 방식으로 연결되어 있지. 따라서 시원始原의 창조신은 우리의 입장에서는 본질적으로 **착란** 상태였다고 봐야 해. 그리고 우리 인간은 그런 창조신보다 한 단계 높은 진화 단계에 와 있어. 우리는 왜소하지만 거인의 어깨 위에 올라탄 존재이므로, 우리를 낳은 창조주보다 더 많은 걸 볼 수 있는 거지.

플랫   실로 멋진 생각이로군요.

목요일하고 토요일에는 그게 신이라고 믿었지만,
화요일과 수요일에는 외계인이라고 믿는 식이었지.

딕　　나의 우주관은 신앙에 기반한 것이 아니라 1974년에 실제로 있었던 어떤 조우에서 비롯되었어. 그때 난 초월적으로 이성적인 어떤 정신이 나의 정신에 침입하는 걸 경험했지. 마치 줄곧 광기에 빠진 채로 살아오다가 느닷없이 제정신으로 돌아온 느낌이었어. 실제로 그랬을 가능성을 생각해보기까지 했지. 내가 태어난 1928년에서, 그것이 찾아온 1974년 3월까지는 정신병을 앓았던 게 아닌가, 하고 말이야. 하지만 정말로 그랬을 것 같지는 않군. 몇십 년 동안 좀 맛이 가고 정상이 아닌 상태로 있었을지도 모르지만, 진짜로 미쳐 있었던 건 아냐. 로르샤흐검사나 그 밖의 심리검사를 해봐도 정상이었거든.

　　그 이성적인 정신은 인간의 것이 아니었어. 인공지능에 더 가까웠지. 목요일하고 토요일에는 그게 신이라고 믿었지만, 화요일과 수요일에는 외계인이라고 믿는 식이었지. 때로는 소련의 과학 아카데미가 개발한 정신 조작용 마이크로파 송신기의 실험 대상이 된 게 아닌가 의심하기까지 했어. 그걸 설명하기 위해 모든 가설을 섭렵했던 거지. 장미십자회의 음모가 아닌가 생각해보기도 했어. 그리스도의 계시가 아닌가, 하는 생각도 했고.

플랫　　구체적으로 어떤 종류의 경험이었습니까?

딕   그건 내 마음에 침입해서 내 운동중추를 장악했고, 나를 대신
      해서 행동하고, 생각해줬어. 난 그걸 바라보는 관객에 불과했
      고. 그건 나를 육체적으로 치유하는 일에 착수했고, 이제 네
      살이 된 내 아들의 목숨도 구해줬어. 그 아이에겐 진단된 적
      이 없는, 치명적인 선천적 결함이 있었는데, 그걸 지적해줬던
      거지. 정체가 뭔지는 도무지 알 수 없었지만, 그 정신은 공학
      기술, 의학, 우주론, 철학 분야 등에서 엄청난 지식을 가지고
      있었어. 그 정신은 2천 년 이상 살아온 걸 기억하고 있었고,
      그리스어, 히브리어, 산스크리트어 등도 유창하게 구사했고,
      아예 모르는 게 없는 것처럼 보였지.
        그 정신은 나와 접촉한 즉시 나의 삶을 정리해주기 시작했어.
      나의 에이전트와 출판인을 해고해줬어. 아주 실제적이어서,
      내 타자기의 여백 간격을 조정해주기까지 했지. 아파트를 진
      공청소기로 충분히 청소하지 않았다고 판단했고, 내가 와인
      을 그만 마셔야 한다는 결정을 내렸지. 알고 보니 와인의 침
      전물 탓에 요산 과포화 상태에 빠져 있었더군. 그건 나를 맥
      주로 갈아타도록 했어. 반면에 우리가 기르는 개를 남성 대명
      사로 부르거나 고양이를 여성 대명사로 부르는 기초적인 실
      수를 저지를 때가 있었지. 그러면 내 아내는 짜증을 내곤 했
      어. 나도 그녀도 개가 암컷이고 고양이는 수컷이라는 사실을
      당연히 알고 있었으니까 말이야. 게다가 그 정신은 내 아내를
      '부인ma'am'이라는 경칭으로 부르더라고.

플랫   아내분은 그 모든 일들을 어떻게 받아들였습니까? 그 정신

얘기를 털어놓았나요?

딕   아, 물론이지. 그 정신이 출판 관계자들에게 엄청난 압력을 가한 탓에 난 금세 상당한 액수의 돈을 벌어들였는데, 그 사실에 감명을 받은 듯했어. 우리는 몇천 달러에 달하는 금액이 적힌 수표를 받기 시작했는데, 그건 내가 미처 받지 못한 인세였어. 그 정신은 뉴욕 쪽 출판사가 응당 내게 보내야 할 돈을 아직도 안 보냈다는 사실을 알고 있었던 거야. 아주 바쁘고 활동적인 정신이었다고나 할까. 자넨 이런 얘기에 흥미를 느끼나?

플랫   흥미를 느끼지 않는 쪽이 되레 이상하지 않을까요?

딕   그 정신은 인간사의 어떤 측면을 엄청나게 우려하고 있었네. 케네디 가문의 남자들과 마틴 루서 킹, 그리고 파이크 주교●가 어떤 집단의 음모에 의해 살해되었다고 하더군. 그 정신은 자기를 쿠마에 무녀라고 소개했는데, 그건 그리스 델포이 신전에서 신탁을 내리던 델포이 무녀의 로마 버전이었어. 아, 다 얘기해버렸군. 그 정신은 여성이었어. 그리고 그녀는 공화국, 우리 미국이 위험에 처해 있다고 말했어. 제국이 다시 공화국을 탈취할 위험이 높아졌다는 거야. 그녀가 여기 온 목적

●   James Pike. 미국 성공회 주교, 신비주의자. 딕의 지인이었으며, 이단적이라고 간주되는 여러 언행으로 사회적인 물의를 빚었다. 1969년에 예수가 역사상의 인물로서 실존했다는 증거를 찾기 위해 갔던 이스라엘의 사막에서 조난 사고로 사망했다.

은 그 제국을 파괴하기 위해서였어. 이런 얘기는 남에게 하는 게 아닌데. 그러면서도 말하는 나는 정말 멍청이야. 그녀 말로는 공화국과 제국 사이의 알력은 인류 역사에서 끊임없이 되풀이되어왔다고 하더군.

그런 다음 그녀는 미국 하원 법사위원회에서 닉슨 대통령의 탄핵을 검토하던 찰스 위긴스에게 일련의 편지를 보냈어. 편지들의 내용은 헌법에 관한 것이었는데, 읽어봐도 무슨 얘긴지 잘 모르겠더라고. 위긴스 하원의원이 대법관 후보로 고려될 만큼 미국 헌법의 권위자로 간주된다는 건 나중에야 알았어. 마지막 편지에는 닉슨이 지시했다는 도청 내용이 기록된 사본이 위조되었다고 쓰여 있었어. 그녀는 그 편지를 〈월스트리트 저널The Wall Street Journal〉에 보냈는데, 닉슨이 결백하다는 내용의 사설을 실었던 바로 그 신문이었어. 그 무렵 그녀는 나를 의사에게 보냈고, 그 결과 내가 이런저런 지병이 있다는 그녀의 진단이 옳았다는 것이 판명됐지. 솔직히 말해서 아파트의 벽지를 바르는 것 빼놓고는 그녀가 안 한 일이 없었던 것 같아. 또 앞으로는 나의 수호령tutelary spirit으로 있어주겠다고도 했어. 난 'tutelary'라는 단어를 몰라서 사전을 찾아봐야 했지만 말이야. 유감스럽게도 그녀는 설명해달라고 하면 가끔 그리스어로 말하는 버릇이 있어서.

그런 다음 나를 치유하고, 평온하게 해준 다음에, 그녀는 내게 아름다운 동산을 보여주었어. 너무나도 아름다워서, 도저히 내 눈을 믿기 힘들 정도였지. 나는 그 안을 돌아다녔네. 그녀는 나를 위해 풍경을 변화시켜줬어. 형언할 수 없을 정도로 아름다웠지. 그녀는 내가 나이를 먹고 죽을 때가 되면, 돌아와서 나를 그곳에 데려다주겠다고 약속했어. 하지만 그때까지 다시 오는 일은 없을 거라나. 한번은 정체가 뭔지 물어본 적이 있었지. 제발 누구인지 가르쳐달라고 애원했어. 나를 다이애나라고 불러, 라고 대답하더군. 내가 모든 것을 허락받았으니 그럴 수 있다고 했어.

플랫   다른 사람들이 이 얘길 들었더라면 당신이 나를 놀리고 있다고 생각할 겁니다.

딕   그 일에 관해 거의 50만 단어 분량을 메모해놓은 원고가 있어. 어떤 시점에서 나는 내가 컴퓨터를 상대하고 있다고 확신했지. 그래서 난 그 일에 관해 책을 써야 했어.•

플랫   아무리 가능성이 낮다 하더라도, 혹시 자기 자신과 대화하다가 만들어낸 일종의 망상일 수 있다는 생각은 안 해보셨습니까?

딕   응. 그건 나의 좌뇌와 우뇌가 나눈 대화였을 수도 있지. 『스캐너 다클리』에서 묘사된 것처럼 말이야.

플랫   하지만 그렇게 생각하지 않는 쪽을 선호하는 건가요?

•   장편 『발리스』를 의미한다.

적어도 한 명은 자네하고 같은 소리를 하더군. 충분히 그랬을 가능성은 있다고 생각하네. 한 가지 묘한 부분은 그녀의 엄청난 지식의 양이었어. 직접적인 대답을 주는 일은 거의 없었지만 말이야. 내가 억지로라도 참고 서적을 찾아보도록 유도하는 편이었어.

사실 이 얘긴 거의 하지 않는 편이야. 보통은 말이지. 내 (미국 성공회) 신부님에게는 얘기했고, 아주 친한 친구 두 명한테만 얘기했어. 물론 내 전처에게도 했지. 어슐러 K. 르 귄과도 상담해봤지만, "아무래도 당신 미친 것 같군요"라는 답장을 받았을 뿐이었어. 내가 보냈던 자료도 반송했고. 물론 (나의 신작 장편인) 『발리스』가 출간되면, 방금 한 얘기의 많은 부분을 그 책에서 읽을 수 있을 거야. 『발리스』는 내가 받은 계시를 다른 사람들도 이해할 수 있도록 일종의 합리적인 구조를 통해 표현하려는 시도라네.

●

이 인터뷰를 한 지 이틀 뒤에 나는 순전히 사교적인 목적으로 딕을 방문했다. 테이프녹음기를 가지고 가지 않았기 때문에 아래의 기록은 기억에 의존해서 쓴 것이다. 딕과 대화를 나누던 중에 나는 내가 곧잘 품는 엉뚱한 상상에 관해 언급했다. 나는 어딘가 먼 곳에서 왔지만 그곳을 볼 수도, 만질 수도 없다는 상상이다. 왜냐하면 그건 실존하는 장소가 아니기 때문이다.

"아, 당연하지 않나." 딕은 말했다. "그들은 딱 필요한 양의 세계만 만들어내거든. 자네가 그 세계를 진짜라고 확신할 정도로만 말이야. 알다시피 그건 일종의 저예산 조작이라서. 자네가 책 따위를 통해 읽은 먼 나라들, 이를테면 일본이나 오스트레일리아는 실제로는 존재하지 않아. 거기엔 아무것도 없어. 물론 자네가 거기로 기겠다고 결심한다면 얘기는 달라지지. 그럴 경우 자네의 목적지를 통째로 만들어내야 해. 모든 풍경, 건물, 사람들을 그곳에 도착한 자네가 볼 수 있도록 하기 위해서 말이야. 부랴부랴 준비를 하는 광경이 눈에 선하군."

대화의 이 시점에서 나는 신중하게 말을 고르고 있었다. "다시 한번 설명해주십시오." 나는 말했다. "혹시 방금 하신 말은 허구적인 개념에 관한 건가요? 당신의 소설에서 일어날 수 있는 일을 묘사한? 그게 아니라면⋯⋯ 진지한 발언입니까?"

"그러니까, 내가 그걸 믿느냐는 뜻이야?" 딕은 나의 질문에 놀란 기색이 역력했다. "어, 설마. 물론 아냐. 머리가 돌지 않은 이상 어떻게 그런 걸 믿을 수 있겠나!" 그는 이렇게 말하고 웃음을 터뜨렸다.

〈블레이드 러너〉와
할리우드의 유혹

이 인터뷰는 딕이 〈블레이드 러너〉의 오리지널 각본을 읽고 수정했지만 아직 촬영된 영상을 본 적이 없었던 시점에 진행되었다. 영화는 딕의 사후인 1982년 6월에 개봉되었다.

밴 하이스 　『안드로이드는 전기양의 꿈을 꾸는가?』를 영화화하려는 프로젝트가 시작된 건 언제입니까?

딕 　아, 오래전에 마틴 스코세이지하고 제이 콕스 양쪽이 관심을 보였지만 옵션 계약●을 하지는 않았어. 당시엔 둘 다 아주 젊은 신인 감독들이었지. 내 소설이 영화계의 관심을 끈 건 그때가 처음이었어. 이후 프로듀서인 허브 재피와 옵션 계약을

이 인터뷰는 1981년 8월에 진행되었다. 인터뷰어 제임스 밴 하이스James Van Hise는 1970년대에 코믹 북 팬덤의 아버지로 여겨지는 G. B. 러브를 위해 일했고, 팬 잡지인 〈로켓의 블래스트 코미콜렉터Rocket's Blast Comicollector〉에 참여했다가 나중에는 발행인이 되었다. 1980년대에는 영화 평론을 발표하고 영화잡지인 〈SF 무비랜드SF Movieland〉를 편집했다.

● 　일정 기간 내에 원작을 영화화할 수 있는 권리를 독점하는 계약.

맺었고, 아들인 로버트 재피가 1973년경에 각본을 썼어. SF 공포영화인 〈프로테우스4Demon Seed〉를 제작한 그 콤비지. 하여튼 각본을 받아봤는데, 너무 조잡해서 실제 촬영대본이 아니라 초고라고 생각했어. 그래서 편지를 보내서 내가 촬영대본을 쓰는 걸 원하느냐고 물었더니 로버트 재피가 비행기 편으로 오렌지 카운티까지 날아와, 실은 자기가 필명으로 쓴 거라고 털어놓더라고. 정말 최악의 각본이었어. 오죽하면 그 친구한테 대놓고 너 공항에서 맞을래, 아니면 내 아파트까지 가서 맞을래? 농담을 했겠나.

밴 하이스　그 정도로 안 좋았습니까?

나와 할리우드 사이에는 커다란 간극이
존재한다는 사실을 깨달았다네.

딕　　난 이렇게 말했지. "내가 원하는 건 단 하나, 제발 나까지 끌어들여서 함께 망하게 하진 말아줘"라고 말이야. 솔직히 말해서 옵션 계약금을 돌려주고, 자넨 그 각본으로 자기 영화를 만들면 좋겠다, 하니까 아주 신사적으로 대응하더라고. 당시 난 결혼한 상태였는데, 아내가 요리해준 음식을 먹으면서 오후와 저녁을 그 친구와 함께 보냈어. 그러면서 각본에 대해 이런저런 제안을 했는데, 그 친구는 그걸 받아 적었지. 그런데 잘 보니까 실제로 종이에 글을 적는 게 아니라 펜을 공중에서 움직이고 있더군. 그냥 받아쓰는 시늉만 하고 있었던 거야. 그제야 나와 할리우드 사이에는 커다란 간극이 존재한다는 사실을 깨달았다네.

밴 하이스   구체적으로 그 각본의 어디가 문제였나요?

딕   그 친구는 내 소설을 아예 코미디로 만들었더라고. 〈겟 스마트Get Smart〉•를 패러디한 것처럼 말이야. 등장인물은 모조리 어릿광대고, 처음부터 끝까지 잘난 체하는 농담으로 가득 차 있었어. 급기야 재피는 갑자기 나를 돌아보더니 이렇게 말하더군. "세상에, 글쓰기를 정말 진지하게 받아들이시는군요!" 갑자기 눈이 번쩍 뜨인 느낌이었달까. 그래서 난 이렇게 대답했어. "맞아 로버트. 난 글 쓰는 걸 진지하게 받아들인다네. 아주 진지하게 말이야." SF에 문외한이었던 이 친구는 SF가 공상적인 애들 장난이라는 선입견을 가지고 있었던 거지. 내 입장에서는 정말 최악이라고나 할까. 하지만 우린 그 뒤에도 친한 친구로 지냈고, 그 부자는 결국 영화화 옵션을 갱신하는 걸 포기했어.

밴 하이스   리들리 스콧의 각본가인 햄프턴 팬처는 재피 부자가 아직 영화화 옵션을 가지고 있을 때 당신에게 영화화를 제안하지 않았습니까?

•   1965년에서 1970년까지 방영된 미국의 코미디 첩보극.

딕

응. 잡지 〈옴니Omni〉의 1981년 4월호에 기사가 실렸지. 거기
에 인용된 팬처의 말에 따르면, 내가 그 친구 각본으로 『안드
로이드는 전기양의 꿈을 꾸는가?』를 영화화하는 일에 처음에
는 비협조적이었다더군. 허, 당연하지 않나. 당시엔 아직 원
래 옵션 계약이 살아 있었으니 팬처가 그걸 사는 건 불가능했
어. 아무래도 팬처는 무슨 착각을 했거나 그랬던 것 같아. 왜
냐하면 그 친구하고 나는 몇 번이나 만났고 상당히 재밌는 시
간을 보냈거든. 팬처는 내가 영화화를 그리 반기지 않았던 게
할리우드를 불신했기 때문이라고 하더라고. 재피가 쓴 각본
의 망령 때문이라나. 자기 소설을 영화화하는 건 마치 자기
딸이 강간당하는 걸 돈을 내고 보는 것에 가까워. 아니면 자
기 딸이 강간당하는 걸 보려고 얼마나 돈을 낼지를 결정하는
일에 가깝다고나 할까. 이 경우 돈을 받는 건 작가이지만 말
이야.

당시 난 이미 할리우드에 덴 기분이었고, 영화화로 거금을 벌
거나 명성을 얻을 가능성에도 별 매력을 느끼지 못했어. 보나
마나 또 농담 같은 각본으로 다시 내 작품을 모독할 게 뻔하
다는 생각이 들었거든. 별다른 반응을 보이지 않았고, 태도도
미적지근했으니 영화화를 별로 반기지 않는다는 인상을 줬던
것 같아. 하지만 방금 말했듯이 팬처하고는 아주 죽이 잘 맞
았다네. 그 친구와 그 여자친구인 바버라 허시와 말이야. 배
우인 허시는 영화를 찍으러 이스라엘로 갔고, 그 뒤로는 한
번도 못 만났고, 팬처와도 연락이 끊겼어. 〈블레이드 러너〉
제작진에게 내가 팬처한테 연락받기를 원한다는 전갈을 남겼

지만, 끝내 연락이 없더군. 아무래도 내가 팬처 그 친구나 그 친구의 각본을 탐탁지 않게 여긴다는 인상을 받았던 것 같아. 솔직히 말해서 각본이 정말 별 볼 일 없었다는 부분은 나도 부정할 수 없군.

밴 하이스　뭐가 문제였는데요?

딕　내 에이전트가 전화를 걸어와, "각본은 어땠습니까?"라고 묻더군. 그래서 난 읽어줬어. "그건 더러운 도시였고, 더러운 일이었다. 하지만 누군가는 그런 더러운 일을 해야 했다. 그 누군가가 나였다. 릭 데커드." 에이전트가 묻더군. "그 정도로 안 좋습니까?" 그렇다고 대답했지. 필립 말로와 SF 공포영화인 〈스텝포드 와이브스〉(1975)를 섞어놓은 느낌이랄까. 〈블레이드 러너〉 제작진도 프로덕션을 맡은 래드 컴퍼니도 그런 내 태도를 불쾌하게 느꼈던 것 같아. 내가 〈셀렉TV 가이드 SelecTV Guide〉에 기고한 기사에서, 각본을 읽어봤는데 안드로이드와 인간들이 서로를 때려잡는 데만 집중하는 야단스러운 액션물 같았다고 폄하했거든. 정말 잘난 척하는 것처럼 느꼈겠지.

덤으로 난 리들리 스콧의 〈에이리언〉(1979)까지 비판했어. 괴물과 우주선이 나오는 것까진 좋은데, 새로운 아이디어가 없으니 빈약한 내용을 특수효과로 땜질했다고 말이야. 최근에는 특수효과로 뭐든 만들어낼 수 있으니 SF 영화들은 이제 특수효과에 의존하는 경향이 있다는 게 그 기사의 취지였지. 내 친구 중에 특수효과 전문가가 있는데, 그 친구가 이렇게 말하더군. "자네가 뭘 쓰든 간에 우리는 그걸 만들어낼 수 있어. 이제 영화판에서는 각본보다는 특수효과가 주종이 되었지." 〈블레이드 러너〉의 첫 각본에 대해 내가 한 얘기가 바로 그거였다네. 머리통이 박살 나고 팔다리가 날아가는 식의, 〈에이리언〉과 하등 다르지 않은 영화를 찍을 작정으로 보인다고 말이야. 전문가인 더글러스 트럼불을 고용해서, 특수효과만 화려하고 알맹이가 전혀 없는 영화가 될 것이 뻔해 보였지. 로저 코먼˚의 표현을 빌리자면, "줄거리에 워낙 구멍이 많아서, 트럭도 지나갈 수 있을 정도"였던 거지.

데이비드 피플스가 그 각본을 읽고 새로운 버전을 내놓기 전까지 내 생각은 바뀌지 않았어. 내 에이전트는 제작진이 원작을 다시 읽은 게 틀림없다고 하더군. 사실 그랬던 것 같아. 새로운 각본은 원작과 비교해봐도 일관성이 있었거든. 본디 줄거리보다는 극적인 시각효과 쪽을 더 중시하는 진영의 대표격인 리들리 스콧 감독한테 그런 일관성 있는 각본을 주니까, 실로 멋진 결과가 나왔다고나 할까. 내 원작 그대로는 아니지만, 아주 효율적이고 일관적인 줄거리를 가진 각본이었어. 미묘한 뉘앙스를 아주 잘 표현했고, 극적인 부분에서도 심금을 울리지만 극적인 것에만 호소하는 것이 아니라 지성에도 호소하는 각본이었어. 감성적인 대목이 있는가 하면 아주 지적

˚ 20세기 미국의 영화감독. 프로듀서. 배우. '팝 시네마의 교황'으로 불리며, 대표작으로는 〈흡혈 식물 대소동〉〈와일드 엔젤〉 등이 있다.

필립 K. 딕과 리들리 스콧 (© Alamy)

인 부분들도 있는 식이지. 전체적으로 아주 성숙하고 세련된 시나리오가 나왔고, 그걸 제대로 활용했던 거야.

밴 하이스   제 경우 첫 번째 각본에서 거슬렸던 부분은 단지 발각되지 않고 조용히 살고 싶어 하던 안드로이드들이, 그러는 대신 그들을 창조한 사람들을 죽이고 싶어 한다는 점이었습니다.

단지 살고, 살아남고 싶어 할 뿐이니
사악한 동기와는 인연이 멀지.

딕   새 각본에서도 여전히 그런 식으로 표현됐어. 안드로이드들이 타이렐Tyrell사의 공업단지로 침투하려고 하지만, 피플스가 그들의 동기로 제시한 건 상당히 고상한 것이었지. 피플스는 안드로이드들의 수명이 인위적으로 제한되어 있다는 점을 강조했고, 그런 그들이 자기들의 창조주 또는 신을 만나서 자기들의 극도로 짧은 수명을 극복할 수 있는 어떤 방법을 찾아내려고 한다는 점을 부각했어. 앞으로 기껏해야 2년 더 살 수 있다는 사실에 대한 보상을 받고 싶어 했던 거지. 그들의 동기는 모든 생명체에게 해당하는 것이기도 하고. 몇 년 안에 소모품으로 죽는 대신 단지 살고, 살아남고 싶어 할 뿐이니 사악한 동기와는 인연이 멀지.

밴 하이스   데커드가 레이첼에게 자살하라고 설득하는 부분은 새 각본에서 빠졌습니까?

딕   그건 빠졌어. 정말이지 그래서 천만다행이야. 미키 스필레인•
도 아니고, 어떻게 그런 생각을 했는지. 생각만 해도 끔찍하
군. 자네가 정말로 나하고 척지고 싶으면, 내가 쓴 아무 소설
이나 미키 스필레인한테 넘겨서 재탕해달라고 부탁하면 돼.
그럼 자넨 나와는 죽을 때까지 철천지원수 사이가 될 거야.
염병할, 만약 내가 죽은 뒤에 확실하게 지옥에 떨어뜨리고 싶
으면, 내 책을 몽땅 미키 스필레인한테 넘겨서 고쳐 써달라고
하면 돼. 하지만 지금 그럴 위험은 사라졌어. 피플스는 그런
거지 같은 부분들을 모두 삭제했거든.

우선 피플스는 각본의 어느 부분이 안 좋고, 어떤 것으로 그
걸 대체하면 각본이 좋아질지를 아는 확실한 안목을 갖고 있
었다네. 그 결과 각본이 이중으로 개선되었지. 안 좋은 부분
을 빼고, 좋은 부분을 그 자리에 넣었던 거야. 로이 배티와 릭
데커드 사이에서 벌어지는 멋진 전투 장면은 그대로 남겨놓
았는데, 원래 각본에서 그 대목을 읽었을 때 내가 이런 생각
을 했던 걸 기억하고 있네. "난 아무도 나를 모르는 소련으로
이주할 거야. 전구 공장에 취직해서 전구를 만드는 공원이 되
면 좋겠군. 책 따위는 다시는 읽지 않고, 아예 까막눈인 척하
면서 말이야." 흠, 피플스는 그 장면을 삭제하지 않고 그대로
남겨두었지만, 완전히 탈바꿈되어 있더라고. 피플스가 고친
부분을 읽으면서 나도 많은 걸 배웠어. 그렇게 안 좋은 각본

•   20세기 미국의 하드보일드소설 작가로, 비정하고 난폭한 탐정 마이크 해머가 활약하는 시
리즈를 썼다.

을 받아서 그렇게 좋은 각본으로 변신시킬 수 있으리라고는 생각도 못 했네. 원래 각본을 내가 이렇게 안 좋게 얘기하는 걸 제작사인 래드 컴퍼니는 좋아하지 않겠지만, 어차피 그 각본은 쓰이지 않았으니 상관없겠지. 하느님, 만약 그 각본으로 영화를 찍었다면…… 재앙이라고밖에는 할 수 없었을 거야.

밴 하이스   누군가가 원래 각본을 많이 고칠 필요가 있다고 생각하지 않았다면 그렇게 두 번째 각본가를 고용하지는 않았을 겁니다.

딕   피플스한테도 돈을 많이 썼을걸. 그 친구는 각본상을 이미 여러 개 탔고, 업계에서도 높은 평가를 받고 있으니까 말이야. 그냥 각본을 고쳐줄 개작改作 전문가를 데려온 게 아냐. 단순한 개작 전문가를 데려온 게 아니라, 아예 각본가를 바꾼 것이 맞아. 나와 원작을 영화화하는 옵션 계약을 맺은 제작사는 한 곳이 아니라서 종종 업계 소문이 들려오곤 하는데, 다른 제작사들은 하나같이 〈블레이드 러너〉에 관해서 안 좋은 얘기만 하더군. 〈블레이드 러너〉가 크게 히트를 쳐서 자기들의 영화가 벌어들일 몫이 줄어드는 걸 죽도록 두려워하고 있는 것 같아. 그래서 〈블레이드 러너〉에 대해 적대적이고, 내심 망하는 걸 원하고 있어. 개작 전문가를 데려올 정도라고 말이야. 하지만 피플스가 한 건 단순한 개작이 아니었어.

어떤 의미에서 피플스는 내 책을 개선했다고 할 수도 있겠지만, 그렇다고 그 점을 너무 강조하고 싶지는 않군. (웃음) 나쁜 원작을 가지고 뛰어난 각본을 썼다는 것처럼 들리잖아. 그 역시 사실이 아니고. 그렇다고 좋은 책을 가지고 나쁜 각본을 쓴 것도 아니겠지. 결과적으로는 좋은 책을 가지고 좋은 각본을 썼으니까, 서로를 보강해줬다고나 할까. 이제 이 둘은 서로 싸우지 않아.

밴 하이스 영화 제작진과 계속 연락을 주고받고 있습니까?

딕 그 친구들은 내겐 별다른 얘기를 해주지 않아. 좀 웃기는 얘기인데, 제작진한테서 전화를 받았는데 내가 어디서 처음 각본을 입수했는지 알고 싶어 하더라고. 난 이렇게 생각했어. 하느님 맙소사, 난 그 영화의 원작을 쓴 작가인데, 그런 내가 각본을 입수했다는 게 그렇게 이상한 일인가? 난 내 에이전트를 통해서 (프로듀서인) 마이클 딜리의 변호사에게서 그 각본을 받았다네. 합법적으로 입수한 거지. 하지만 난 그 친구들을 놀리고 싶다는 유혹을 받았어. "실은 헬륨 기구를 타고 자네들의 스튜디오 위로 날아가서 지붕에 구멍을 뚫었고, 줄과 씹던 껌을 써서 누군가의 책상 위에 있던 그 각본을 낚았다네"라고 대답하고 싶더라고. 아주 적대적인 말투로 어디서 각본을 입수했느냐고 나를 힐문하는 게 괘씸했거든. 하여튼 그런 농담을 하는 대신 난 그 친구들에게 〈셀렉TV 가이드〉에 기고한 내 비판 글을 읽어주었어. 그러니까 그 친구들이 대답하길, "그런 식의 글을 쓰는 게 얼마나 위험한지 아실 텐데요." 이러더라고. 그러고는 이렇게 말했어. "우린 그들을 안드로이드라고 부르는 대신 레플리컨트라고 부릅니다만." 그래서 대답했지. "어, 내 책에서는 안드로이드라고 하지만, 깜박하고 그런 고풍스러운 단어를 써서 실례했네. 앞으로는 좀 더 신중하게 발언하고, 레플리컨트라고 부를게." 하지만 별로 만족스러워하는 눈치가 아니더라고.

밴 하이스 영화가 원작을 얼마나 충실하게 반영했다고 느꼈습니까?

언어 매체에서 시각적 매체로 넘어가려면
각색이 필요하고, 그 부분은 나도 충분히 이해하네.

딕 기본적으로 원작을 손상하지 않고 잘 각본화했다고 생각하네. 물론 장면 하나하나를 그대로 옮긴 것은 아니지만 말이야. 그런 일은 불가능해. 실현할 수 없다는 점은 차치하더라도, 바람직할 것 같지도 않아. 그건 소설을 영화로 변용하는 올바른 방법이 아냐. 장면 하나하나를 고스란히 반영할 필요도 없고, 문장 하나하나를 빠짐없이 각본에 넣을 필요도 없다는 뜻이야. 과거에 『율리시스』와 『베니스에서의 죽음』 따위를 가지고 그렇게 하려던 적이 있지. 〈탐욕Greed〉(1924)•에서도 시도되었고. 사실 〈탐욕〉은 원작 소설을 스크린에 이식하려는 최초의 위대한 시도였네. 소설의 모든 장면과 등장인물들의 모든 언사를 영화에서 고스란히 보여주려고 했던 거지. 하지만 한마디로 그런 일은 불가능해. 언어 매체에서 시각적

● 프랭크 노리스의 소설 『맥티그』를 원작으로 한, 에리히 폰 슈트로하임의 영화.

매체로 넘어가려면 각색이 필요하고, 그 부분은 나도 충분히 이해하네.

밴 하이스   캐스팅에 대해서는 어떻게 보십니까?

딕   레이첼 역을 맡은 숀 영의 경우는 이전에 연기하는 걸 한 번도 못 봤어. 해리슨 포드하고 룻허르 하우어르가 나오는 영화는 본 적이 있지만, 그녀가 출연하는 영화는 한 번도 못 봤다는 얘기야. 워낙 신인이라서 그녀의 영화를 본 사람은 거의 없을 것 같지만, 배역 사진을 봤을 때는 머리를 망치로 얻어맞은 듯한 느낌이었지. 레이첼이잖아, 하는 말이 절로 나오더군. 백 명의 각기 다른 여자 사진들을 벽에 걸어놓았더라도 난 그 여자를 레이첼이라고 지목했을 거야. 그녀는 레이첼의 모조품이 아니라 레이첼 그 자체였어. 어떻게 그런 배우를 찾아냈는지 기가 막히더군. 하여튼 친구들에게 그녀를 소개해달라고 부탁했더니, 아니, 자네를 왜 소개해, 그쪽에서 먼저 자기를 소개해야지, 하는 반응이 돌아오더군. 그래서 (영화의 홍보 담당자인) 제프 워커에게 그녀를 만나고 싶다고 부탁했더니, 어, 다시 생각해보시면 어떨까요. 실물을 직접 보면 사진으로 느낀 만큼 매력적이지는 않은 경우가 종종 있으니까 말입니다, 이러더라고. 난 아니, 그게 아냐, 라고 대답했지. 매력은 내 경우에 문제가 되지 않아. 지금까지 나를 박살 내온 건 팜파탈 타입의 무정한 미인들이었어. 난 단지 내가 소설에서 영원히 찬양하는, 믿기 힘들 정도로 파괴적이고 잔인하고 아름다운 검은 머리의 여인의 실물을 사진으로 봤고, 그녀가 실제로 존재한다는 걸 안 지금은 그녀를 찾아갈 거고, 그녀는 아마 나를 파괴하겠지만 상관없어. 내가 이렇게 말하니까 그쪽에서는 아, 안 되겠군요. 아무래도 그런 기회는 제공하지 않는 편이 좋을 것 같습니다, 이러더라고.

밴 하이스 로이 배티를 연기하는 륏허르 하우어르에 관해서는 어떻게 생각하시는지요?

두 다리로 걷는 인간형 생물들이,
형태상으로는 인간과 똑같지만
실은 인간이 아닌 생물들이 존재해.

딕 륏허르 하우어르는 〈서바이벌 런Soldaat van Oranje〉(1977)에서 보았네. 눈이 마주쳤다는 이유만으로 사람을 죽이는 인물이었지. 난 그 친구의 스틸사진을 보고 이렇게 말했어. "하느님 맙소사, 이건 히틀러가 실험실에서 찍어낼 거라고 말한 북유럽계의 초인이잖아." 알다시피 『안드로이드는 전기양의 꿈을 꾸는가?』의 원류源流는 내가 『높은 성의 사내』를 쓰기 위해 나치스를 연구했을 때의 경험에서 찾을 수 있네. 난 버클리 도서관의 폐가閉架식 서가를 들락거리면서 몇 년이나 나치스를 연구했는데, 그러던 중에 게슈타포●의 1급 기밀 서류를 우

● 나치스 정권의 비밀 국가경찰.

연히 본 적이 있었어. '고등 경찰만 열람 가능'이라는 도장이 찍힌 게슈타포 서류를 내 눈으로 직접 보다니 믿기 힘들었지. 여기서 고등 경찰은 물론 게슈타포를 의미하네. 독일어를 꽤 하는 덕에 그 자리에서 읽을 수 있었어. 그건 나치스에 대한 미국의 프로파간다 따위와는 상관없는, 게슈타포의 진짜 내부 보고서였어. 폴란드 바르샤바에 주둔했던 나치스 친위대원의 일기도 있었는데, 바르샤바의 유대인 게토를 자기 손으로 묘사한 그림까지 첨부되어 있더군. 그 친구는 게토, 유대인 게토로 들어가서, 그의 표현을 빌리자면 "이 다채로운 사람들"의 모습을 스케치했던 거야.

그 일기를 읽은 건 1940년대 말이었는데, 난 여전히 그 일기의 한 문장을 기억하고 있다네. "굶주린 어린아이들의 울음소리 탓에 우리는 밤잠을 설쳤다." 난 여전히 그 문장을 기억하고 있고, 그건 내 작품에 영향을 끼쳤다고 생각하네. 우리 중에는 두 다리로 걷는 인간형 생물들이, 형태상으로는 인간과 똑같지만 실은 인간이 아닌 생물들이 존재해. 자기 일기에서 굶주린 어린아이들 탓에 잠을 못 잤다고 불평하는 건 인간이 아냐. 인간이라는 종 내부에는 일종의 분기分岐가, 이분법적인 괴리가 존재한다는 생각은 내가 1940년대에 그 일기를 읽었을 때 탄생했다네. 진정한 인간과, 단지 진정한 인간을 흉내 낼 뿐인 존재들 사이의 괴리 말일세. 그래서 뤗허르 하우어르의 스틸사진들을 보았을 때 난 이렇게 생각했던 거야. "하느님 맙소사, 그게 또 돌아왔어!"라고 말이야.

〈블레이드 러너〉의 한 장면 속 해리슨 포드(릭 데커드 역)와 숀 영(레이첼 역)

밴 하이스　　　영화에 (소설의 무대인 2019년에는 극히 입수가 힘든) 진짜 동물
　　　　　　을 소유하고 싶다는 데커드의 욕구가 포함되어 있습니까?

비극적인 주제, 사악한 존재와 싸우다 보면
어느새 자신도 사악해지는 현상에 관한 거야.

딕　　　　　그 부분은 그냥 배경으로 둔 것 같아. 진짜 부엉이가 등장하
　　　　　는 장면이 있긴 해. 타이렐사 사옥에 진짜 부엉이가 날아다니
　　　　　는 장면이 있는데, 동물에 관한 부분이 완전히 삭제되지는 않
　　　　　았다고 봐야겠지. 하지만 다 배경에 넣어버린 건 맞아. 소설
　　　　　에서 진짜로 살아 있는 동물을 인공 동물과 비교하는 대목의
　　　　　상징은 사라졌어. 은유도 함께 사라졌지만, 소설의 기본 주제
　　　　　들, 씨줄과 날줄처럼 엮인 두 개의 기본적 주제는 고스란히
　　　　　남아 있네.
　　　　　첫 번째 주제는 본질적인 인간을 규정하는 것이 무엇이고, 진
　　　　　정한 인간을 단지 인간인 척하는 존재와 어떻게 구별하는지
　　　　　에 관한 질문이라네. 영화에서도 그 질문을 하지. 그리고 두
　　　　　번째 주제는 비극적인 주제, 사악한 존재와 싸우다 보면 어느
　　　　　새 자신도 사악해지는 현상에 관한 거야. 삶의 보편적인 조건
　　　　　이라고 할 수도 있겠지. 소설에는 소설의 기본 주제를 확실하
　　　　　게 반영한 문장도 있는데, 영화에는 나오지 않아. 그 말을 한
　　　　　사람은 등장인물 중 한 사람인 머서인데, 영화에서 그 친구는
　　　　　나오지 않거든.
　　　　　"너희들은 어디를 가든 간에 악한 일을 하라는 요구를 받게

될 것이다. 너 자신의 본질을 훼손하라는 요구를 받는 것은 삶의 기본 조건이다. 모든 생물은 살아가다 보면 어떤 시점에서 그렇게 행동하는 수밖에 없다. 그것은 궁극적인 그림자이자 창조의 패배다. 그것은 실존하는 저주, 이 우주의 모든 곳에 있는 모든 생명을 갉아먹는 저주인 것이다."

사실 그건 그 소설의 지적인 주제라고 해도 무방하네. 레플리컨트든 안드로이드든 그 밖의 어떤 이름으로 부르든 간에, 그것들을 죽일 것을 요구받는 데커드는 야수화되고, 비인간화되기 때문이지. 피플스가 다시 쓴 각본은 팬처의 오리지널 각본을 바탕으로 하고 있기 때문에 팬처 이름도 올라오긴 하지만, 하여튼 피플스가 그걸 표현하기 위해 한 일은 역으로 레플리컨트들과 레이첼의 관점을 도입하는 거였어. 그래서 레이첼도 점점 더 인간적으로 변하고, 로이 배티조차도 점점 더 인간적으로 변하게 되는 거지.

그 결과 데커드는 점점 더 비인간화되고, 레플리컨트들은 점점 더 인간화된다네. 그리고 마지막에 그들이 만날 때 인간과 비인간 사이의 차이는 사라져버리지. 하지만 이런 식으로 데커드와 레플리컨트가 하나로 융합되어버린다는 건 비극이라네. 이건 레플리컨트들이 인간화된 결과이지, 인간성이 비인간성을 극복하는 식의 승리가 아니거든. 데커드는 레플리컨트와 같은 존재가 되어버린다는 끔찍한 상황에 빠지고, 바로 그 사실로 인해서 원작 소설의 본질적인 주제는 영화에서도 온전하게 유지되었던 거야.

밴 하이스 엔딩은 어땠습니까?

딕 제프 워커에 의하면 리들리 스콧은 세 개의 엔딩을 찍어두
었다고 하더군. 1번, 릭 데커드가 레플리컨트임이 판명된다.
2번, 데커드는 은유적인 맥락에서 레플리컨트와 같은 존재가
되고, 그 자신이 로이 배티나 레이첼 같은 존재가 되었다고
고백한 다음 그들 모두가 스피너 한 대에 올라타 시속 250마
일의 속도로 날아간다. 또는 3번, 데커드는 레플리컨트가 아
니고, 로이 배티를 죽인다. 따라서 리들리 스콧은 〈지옥의 묵
시록Apocalypse Now〉(1979) 같은 영화처럼 세 개의 엔딩 중 하
나를 선택하든가, 아니면 〈미지와의 조우Close Encounters of the
Third Kind〉(1977)처럼 여러 버전을 내서 관객들에게 선택을 맡
기게 되겠지.

스콧은 제대로 할 걸세. 그가 제대로 할 거라는 점은 전혀 의
심하지 않아. 세 가능성 중 어느 것을 고르더라도 나는 만족
해. 내 원작을 읽은 각본가 친구들과 얘기를 나눴는데, 그 친
구들은 데커드도 실은 레플리컨트였다, 하는 식의 엔딩은 아
니기를 빈다고 하더군. 정말로 그런다면 〈스텝포드 와이브
스〉나 〈이색지대Westworld〉(1973) 같은 영화들의 재탕이 되어
버릴 테니까 말이야. 나도 데커드가 실제로 레플리컨트였다
는 엔딩은 아니었으면 좋겠다는 생각이 들어. 그냥 은유적인
의미에서의 레플리컨트인 편이 나아. 왜냐하면 그 결말은 우
리 인간이 누구든 악과 싸우는 과정에서 비인간화될 수 있다
는 걸 보여주거든.

그레그 릭맨이 딕의 소설을 처음 읽은 것은 십대 시절의 일이었다. 릭맨은 이십대 중반이었던 1981년에 딕에게 자신이 쓴 에세이를 보냈고, 딕은 그를 자기 집으로 초대했다. 그들은 친구가 되었고, 열여섯 시간 분량의 자유분방한 인터뷰들이 그 결과물이다. 그와 딕의 대화를 기록한 인터뷰집은 1980년대 중반 『필립 K. 딕: 스스로 말하다Philip K. Dick: In His Own Words』와 『필립 K. 딕: 마지막 증언Philip K. Dick: The Last Testament』이라는 두 권의 책으로 나왔다. 후자는 대부분 1974년에 있었던 딕의 신비체험과, 그가 마이트레야라고 불렀던 구세주의 귀환이 임박했다는 그의 믿음에 관해 논하고 있다.

릭맨   어떻게 해서 철학에 관심을 가지게 됐는지 묻고 싶습니다. 아시다시피 당신 소설의 근저에는 워낙 철학적인 부분이 많지

이 인터뷰는 1981년 4월부터 1982년 2월까지 진행되었다. 인터뷰어 그레그 릭맨Gregg Rickman이 쓴 필립 K. 딕 전기인 『높은 성으로To the High Castle』는 1989년에 출간되었다. 그 밖의 저서로는 『SF 영화 읽기The Science Fiction Film Reader』와 『서부극 영화 읽기The Western Film Reader』가 있다.

않습니까.

딕 1940년대에 난 버클리에서 철학을 전공했어. 1940년대 후반
에. 당시, 그러니까 열여덟, 열아홉 살쯤 되었을 때의 일인데,
크게 두각을 나타냈다고나 할까. 그러니까, 대학에서 1학년
첫 번째 학기 때 플라톤의 『국가』를 펼쳐놓고 철학 수업을 받
고 있었는데, 교수가 플라톤의 형상론에 관해 설명하기 시작
하더라고. 그래서 난 손을 들었지. 교수가 질문이 있으면 말
해보라고 하더군. 그래서 난 물었어. "실용적인 관점에서 그
형상론의 가치는 뭡니까?"라고 말이야. 그러자 교수가 말하
길, 자네 그렇게 아는 게 많으면 이 수업을 때려치우고 돌아
오지 말게, 이러더라고.
그래서 난 생각했네. 소크라테스라면 저런 소린 안 했을 텐
데. 난 이미 충분히 배웠어. 저건 굳이 논쟁을 벌일 가치가 있
는 대답이 아냐. 저건 좋은 대답이 아냐. 애당초 형상론에 대
한 나의 비판은 영국 (철학자들의) 경험론에서 이미 제기되었
던 거라고. 그래서 난 그냥 도서관에서 독학으로 공부하는 편
이 낫겠다고 판단했고, 대학을 중퇴한 다음 도서관에 등록해
서 카드를 발급받았지. 완전히 내 힘으로만 공부하기 시작했
던 거야.
스물한 살 때 마이모니데스•의 『방황하는 자들을 위한 안내

• 12세기의 유대인 철학자. 철학의 고유한 목적이 율법에 합리적인 확증을 주는 데 있다고
주장했다.

서』를 읽고 있었는데, 정말로 재미있더군. 당시 내 아내였던 클리오는 버클리에 다니고 있었는데, 하루는 집에 오더니 이렇게 묻더라고. "당신 마이모니데스가 쓴 『방황하는 자들을 위한 안내서』를 읽고 있다고 하지 않았어?" "응, 읽고 있지." 그러자 클리오가 말하길, "교수가 그러는데, 미국에서 지금 이 순간 모세스 마이모니데스를 읽고 있는 사람은 자기 말고는 아무도 없을 거라나." 알다시피 그 책은 워낙 알려져 있지 않았어.

하지만 난 그냥 도서관에서 그런 책들을 찾아 읽었을 뿐이었어. 그랬던 내가 마침내 좌절한 건 플로티노스•를 읽으려고 했을 때였어. 뭔 소리를 하는 건지 도무지 이해할 수가 없더라고. 플로티노스는 책 자체가 없었어. 당시에는 출간되지 않았거든. 기껏해야 빌어먹을 시카고대학교인가 컬럼비아대학교에서 낸 간단한 교재용 편람이 있었을 뿐인데, 그걸 읽어도 전혀 이해할 수 없었던 거야. 그래서 그 시점에서 철학은 포기하고 융 따위의 심리학에 관심을 가지기 시작하면서 그쪽으로 방향을 틀었어. 그래서 내 초기작들에서 철학은 심리학만큼 많이 드러나 있지는 않아. 내 소설에 철학이 되돌아오는 건 나중의 일이고.

릭맨   십대 무렵에 철학에 관심을 가지게 된 계기는 뭡니까?

•   3세기 그리스의 신플라톤주의 철학자.

내가 보는 게 어떤 색깔인지
타인에게 증명하는 건 불가능해.

딕   (긴 침묵) 어떤 사건이 있었어. 멍청한 사건이지만, 삶의 기반
을 이루는 것이 뭔지를 보여주는 사건이었지. '위대한 설계'
가 그런 종류의 일들에 전적으로 달려 있다는 걸 알려주는.
당시 고등학생이었던 나는 라디오 수리점에서 아르바이트를
하고 있었어. 언젠가 영업 사원하고 함께 트럭을 타고 가고
있었지. 누군가가 맡긴, 라디오가 딸린 거대한 전축의 수리가
끝나서 그걸 배달하는 중이었어. 그러던 중 신호등 빨간불에
서 멈춰 섰어. 그건 전쟁이 끝난 직후, 1946년인가 1947년의
일이었다고 생각하네.
그러자 영업 사원이 나를 돌아보더니 말하더군. "저 신호등
보여? 무슨 색이야?" 내가 "빨강이요"라고 대답하니까 이러
는 거야. "나도 빨강으로 보여. 하지만 네가 빨강이라고 부르
는 건 내가 보고 있는 빨강하고는 다른 것일지도 몰라." 그래
서 난 이렇게 대답했네. "어, 하여튼 우린 저걸 빨강이라고 부르
지 않습니까." 그러자 그 친구가 하는 말이, "내가 빨강이라
고 하는 게 네겐 녹색일 수도 있어. 그 반대도 가능하고." 그
말을 듣고 난 생각했네. 하느님 맙소사! 이 작자 말이 맞아!
내가 보는 게 어떤 색깔인지 타인에게 증명하는 건 불가능해.
그러자 영업 사원이 이렇게 묻더군. "우리 두 사람이 같은 색
깔을 보고 있다는 걸 어떻게 증명할 건데?" 나는 대답했네.
"모르겠습니다." 그건 일찍이 들어본 적도 없는 경이로운 이

야기였어. 한마디로 환상적이었지. 당시 난 고등학생에 불과했고. 하여튼 난 그 친구가 한 얘기에 엄청난 감명을 받았어. 망치로 머리를 한 대 얻어맞은 기분이었지.

난 수업이 끝나면 수리점으로 가서 빗자루로 바닥을 쓸었어. 하루는 그렇게 바닥을 쓸고 있었는데, 수리 기사가 라디오 본체를 목제 장식장에서 꺼내놓았더라고. 스피커도 밖으로 나와 있더군. 난 스피커가 그렇게 밖에 나와 있는 걸 본 적이 없었네. 스피커는 전선으로 라디오 본체에 연결되어 있었고, 라디오가 켜져 있었기 때문에 스피커에서는 음악이 흘러나오고 있었지. 스피커를 보다가 궁금해져서 "이거 어떤 식으로 작동하나요?"라고 기사에게 물었다네. 수리 기사는 이렇게 대답했어. "흠, 여기 있는 음성코일이 앞뒤로 움직이면서 격막을 진동시키는 거야." 나는 물었어. "뭐가 코일을 앞뒤로 움직이게 하는 겁니까?" "자석이야. 이 전선을 통해서 전류를 흘려보내면 자석의 자기력이 변화하고, 그 결과 자기장에 변화가 오지. 이 자기장에 끌리거나 밀려나는 음성코일이 움직이면서 격막을 진동시키는 원리야."

그래서 난 말했지. "아, 그럼 우리는 음악이 아니라 음악을 흉내 낸 걸 듣고 있는 거로군요." 그러자 수리 기사는 말했어. "아냐, 우리가 듣는 건 음악이 맞아." 난 "아녜요. 우리가 듣고 있는 건 이 기계가 전류를 소리로 바꾼 시뮬레이션이잖아요." 당시 난 '신호변환transduction'이라는 용어를 몰랐지. 스피커는 원래의 음향을 흉내 내고, 우린 그걸 음악이라고 부르는 거야. 난 수리 기사가 알려준 스피커의 구조, 그 안에 있는 음성

코일, 자석, 격막을 보고, 우리가 시뮬레이션을 듣고 있다는
사실을 깨달았던 거야. 하지만 기사는 여전히 "음악이 맞아!"
라고 말했어. 나는 "아뇨, 그건 원래의 음악을 모방한 겁니다"
라고 말했고. 열다섯 살에 존재론적인 구별을 하고 있었던 거
지. 기사는 그러지 못했지만 말이야. 내가 철학에 관심을 가
지게 된 건 그때부터였어.

중대한 전환점이 찾아온 건 내가 열아홉 살이었을 때의 일이
었네. 정말로 중대한 사건이었지. 어느 날 아침 일어난 나는
주위를 둘러보고, 이렇게 말했어. 인과관계는 존재하지 않아.
그건 환상에 불과해. 나중에 철학과 교수와도 얘기를 나눴는
데, 난 이렇게 말했지. "인과는 모두 환상이라는 걸 깨달았습
니다. 어떤 일이 벌어진 뒤에 어떤 결과가 나온다고 치죠. A
뒤에 B가 일어나는 식으로 말입니다. 그럼 우리는 A가 B의
원인이라고 말하죠. 하지만 그건 사실이 아닙니다. B는 그냥
A 뒤에 일어난 것에 불과합니다. 수열이나 마찬가지입니다,
정수로 이루어진 수열 같은. A와 B 사이에는 아무런 관계도
없습니다.

●

딕 사람들이 "다음 생에는 무엇으로 환생하고 싶습니까"라고 물
으면, 난 이렇게 대답하네. "난 환생 따위는 아예 하고 싶지
않아. 이미 복역이 끝났으니까. 여기에서 충분히 오래 복역했
으니, 이제는 그 대가를 향해 가고 싶어."

내가 이런 소리를 하는 건 내가 초기 기독교의 신자였을 때를 기억하고 있기 때문이라네. 지옥 그 자체였지. 전혀 즐겁지 않았어. 빌어먹을 (로마의) 원형경기장 밑의 동굴에서 교살당했거든.

릭맨   전생에서 그런 일을 당했단 말입니까?

딕   응…….내가 어렸을 때, 아주 어렸을 때는 음식을 제대로 삼키지 못했어. 정말로 음식을 제대로 삼키지 못해서, 급기야는 영양실조 직전까지 갔지. 전혀 이유를 알 수 없었어. 다섯 살쯤 되었을 때의 일이야. 병원에서 바륨 조영제를 먹고 엑스레이검사까지 했지.

1974년, 내가 예의 종교적 체험을 하기 직전에, 로마에서 내가 죽는 꿈을 꿨어. 원형경기장 아래의 동굴에서 말이야. 놈들이 내 목을 죄었을 때, 모든 기억이 되살아나기 시작했어. 펜토탈소디움•을 먹고 자던 중에 되살아났던 거지.

내 삼킴장애가 어디에서 기인한 건지 알게 되었지. 당시의 그 기억 탓에, 난 목을 졸리거나 목을 베이는 것에 대해 엄청난 두려움을 가지고 있었어. 그 꿈을 꾸기 전까지는 그 두려움을 전혀 이해하지 못했지만 말이야.

그 꿈에서 깨어난 뒤에는 밤새도록 테사에게 그 얘길 했어. 그녀를 깨우고, 침대 위에 앉은 채로 얘기했던 거지. 테사 말

•   마취제. 수면제로 쓰인다.

로는 완전히 다른 사람 같았다고 했어. 그녀가 아예 들어본 적도 없는 사람들이나 사건들에 관해 얘기했다고 하더군. 나중에 테사에게 그 얘길 들었는데 나도 들어본 적이 없는 것들이었어.

그 일이 있은 뒤로 그 인격은 점진적으로 나를 잠식하기 시작했는데…….

●

딕

난 예전부터 줄곧 대부분의 것들이 가짜라는 확신을 가지고 있었어. 이제는 그 확신이 옳다는 증거도 가지고 있지만, 그 증거만으로는 아무 일도 할 수 없어.

바꿔 말해서 난 있는 그대로의 우주의 모습을 흘끗 보았지만, 그게 정말로 어떤 것인지 도무지 이해할 수가 없었어. 이걸 털어놓은 건 1974년의 일이지만. 그건 내가 아는 그 어떤 것과도 닮은 구석이 없었어. 쉽게 개념화할 수 있는 게 아니거든. 마치 그리스신화에서 나올 법한 이야기지. 단 하나의 궁극적인 소원을 이뤄주겠다는 제안을 받고, 나의 궁극적인 소원은 현실을 있는 그대로 볼 수 있는 것이라고 대답했는데, 정작 그 소원이 이루어진 뒤에도 그게 뭔지 이해하지를 못하는 거야. 어떤 범주에 넣기에는 범주 자체가 너무 낯선 거지. 결국은 그때 본 것이 무엇인지 알아내려고 고민하면서 남은 인생을 보내는 수밖에 없지.

난 바로 그런 상황에 빠져 있다네. 뭔가를 본 건 확실하고, 기억도 생생하지만, 그게 뭔지, 그게 뭘 의미하는지를 모르는 거야.

릭맨 선천적인 시각장애인에게 색깔이 뭔지를 설명하려고 시도할 때처럼요.

딕 그 경험의 개략적인 모델조차도 제시할 수 없었어. 하지만 몇 주 전에 마침내 모델을 하나 만들어낼 수 있었어. 비트겐슈타인이 말한, 현실을 반영하는 내적 표상처럼 작동하는 추상적 모델을 말이야. 그걸 통해서 그 경험을 되짚어볼 수 있어.

내가 어떤 질문에 대답하면, 두 개의 새로운 질문이 튀어나와서 그걸 대체하지. 그건 정보와 함께 모종의 일을 하고 있었어. 7년이 흐른 뒤에는 내가 그게 뭔지 결코 알아낼 수 없으리라는 점이 명백해졌어. 7년이나 들여도 알아내지 못한다면 70년을 들여도 무리라는 걸 말이야.

내가 품은 유일한 희망은 누군가가 나와 동일한 계시를 받은 다음에 (그걸 전달할 수 있는) 상태에 도달하는 거야. 아무래도 그건 이 지구에 사는 사람들의 양자역학적 상태, 그리고 디지털 정보하고도 관계가 있는 것 같아. 양적 정보를 소화하기 위한 일종의 통합 시스템이라고나 할까.

난 남은 생애를 모두 걸더라도 그게 뭔지 알고 싶네. 결코 그 정체를 알 수 없을 거라는 생각이 들거든.

•

파괴는 환희이고, 환희는 우리의 가장 큰 슬픔이기에,
나는 파괴를 갈망해.

릭맨　　　중용의 덕에 관해서는 어떻게 생각하시는지요?

딕　　　　난 절제라는 표현을 쓸 참이었네.

릭맨　　　그럼 무슨 일이든 절제하는 원칙이라고 하죠.

딕　　　　아냐. 절제의 대상은 전부가 아니라 일부에만 국한되어야 해.
　　　　　아니, 대부분이라고 해야 하나. 대부분의 경우에 절제해야 한
　　　　　다. 알았어. 중용이 맞군. 지금 난 중용을 택할 수 없지만 말이
　　　　　야. 사실 옆집에 사는 후안 말로는 그건 인지부조화라고 불러
　　　　　야 한다는군. 내가 온갖 약을 사면서 결국은 쓰지 않는 것처
　　　　　럼 말이야. 마약을 사더라도 그냥 변기에 흘려보내는 것처럼.
　　　　　대마초를 어렵게 입수해서, 200달러나 하는 그걸 변기에 흘
　　　　　려보내는 식이랄까. 왜냐하면 그 체험 자체를 즐기지만 정
　　　　　말로 거기 취하고 싶지는 않기 때문이야. 후안이 말하길, "그
　　　　　건 인지부조화야. 왜 그냥 그걸 원하는 사람한테 줘버리지 않
　　　　　는 거지?" 난 이렇게 대답했지. "왜냐하면 그건 자네 몸에 안
　　　　　좋거든." 그러자 후안은 "그럼 왜 그걸 사는 거지?"라고 되물
　　　　　었어. 내 대답은 이랬어. "사는 것 자체가 재밌거든. 입수하
　　　　　는 과정 자체가 좋아. 냄새를 킁킁 맡아보고, 좀 어지러운 기
　　　　　분이 들면 그냥 버리는 거야." "자네 미쳤어. 완전히 돌았군."

후안이 말했어. "알아. 하지만 이렇게 멀쩡하게 살아 있잖아."
그리고 내겐 살아 있지 않은 상태가 되는 방법이 두 개 있다
네. 첫째, 전 세계의 약에 취하기. 둘째, 헤어셔츠*를 입고 온
갖 고행을 하기. 난 중용을 찾아내고 싶어. 그래서 난 파괴에
관심이…… 아니, 그건 정확한 표현이 아니로군. 파괴를 갈망
하는 거야. 파괴는 환희이고, 환희는 우리의 가장 큰 슬픔이
기에, 나는 파괴를 갈망해. 그 가장자리를 타고 움직이다가
늦기 전에 내려올 수 있다면 얼마나 좋을까. 그게 정말로 폭
발하려는 순간, 폭발 직전에 거기서 내려오는 거지. 정말로
막판에 거기서 내려오고 싶어. 진짜로 죽고 싶지는 않거든.
단지 게임을 하고 싶을 뿐이야. 대가를 치르지 않고.

피리 소리에 맞춰 춤추지만 피리 부는 사내에게 대가를 치르
고 싶지는 않다고나 할까. 베짱이도, 개미도 되고 싶지 않아.
난 베짱이나 개미가 아닌 다른 존재가 되고 싶어. 그걸 성사
하기 위한 유일한 방법은 (다른 사람들에게) 돈을 뿌리다가 갑
자기 거기에 저항하는 일이지. 정반대 방향으로 가는 거야.
어느 쪽의 행동에 나서든 간에 과도하다는 점에는 변함이 없
지만 말이야.

일전에 나는 캐런 실크우드° 협회에서 편지 한 통을 받았어.

---

* 고행자들이 입는, 털이 섞인 거친 천으로 만든 셔츠.

° 캐런 실크우드Karen Silkwood는 오클라호마의 커-맥기 원자력발전소에서 일했던 노조 활동
가다. 실크우드는 1974년에 자신이 저준위 플루토늄에 오염되었다는 사실을 깨달았고, 이를
폭로할 자료를 가지고 〈뉴욕 타임스〉 기자를 만나러 차를 몰고 가다가 미심쩍은 상황에서 사
고를 당해 사망했다. 그녀의 유족은 커-맥기를 고소했고 100만 달러의 합의금을 받았다.

새로운 소송을 제기하겠다는 내용이었어. 프리스코●에서 말이야. 난 은행에서 천 달러의 자기앞수표를 출금해서 실크우드 협회로 보냈어. 거금이지. 그런 거야. 난 여윳돈이 있어도 그걸 낭비하거나 하지는 않아. 하지만 그 기부는 아까 얘기했던 방식의 한 예야. 평소에는 아끼지만, 내가 정말로 하고 싶은 일에는 돈을 쓰는 거지. 신발이나 옷이나 레코드 따위에 헛돈을 쓰지 않고 아끼다가, 갑자기 실크우드 협회에 천 달러를 기부했던 거야. 왜 그랬는지 알아? 그러고 싶었기 때문이야. 캐런 실크우드의 주장을 믿었기 때문이지. 내가 받은 팸플릿에 쓰여 있던 내용을 말이야. 예전에도 기부한 적이 있기 때문이기도 하지. 난 실크우드 협회의 후원자 중 한 명이라네. 난 그녀를 믿었어. 그녀가 옳다는 걸 믿었어. 그녀는 옳은 일을 하려다가 살해당했지.

내가 뭘 믿는지 하나 더 얘기해줄까. 난 (1971년에) 우리 집에 침입했던 자들이 그녀를 살해했다고 믿네. 계속 캐다 보면 사적으로 만들어지고 정부 후원을 받는 전국 규모의 비밀 준準군사 조직이 존재한다는 것도 믿고. 사적으로 조직됐는데 정부의 후원을 받는 건 완전한 불법행위지. 그런 조직이 좌파 시민들을 탄압하고, 지금은 반핵 단체인 '노 뉴크No Nuke' 회원들을 괴롭히고 있는 거야. 실크우드를 죽인 건 바로 그자들이지. 그런 짓까지 벌여놓았으니 이제 나를 죽이려고 할지는 나도 몰라. 하지만 이건 농담이 아냐. 의심의 여지가 없어. 달

●   샌프란시스코의 속칭.

리 해석할 여지가 없거든. 실크우드의 경우는 방사성 입자에 오염되어 있었지.

내가 무슨 선행 시민이라서 천 달러를 기부한 게 아냐. 내가 천 달러를 보낸 건 캐런의 한을 풀어주기 위해서야. 난 진실이 밝혀지기를 원해. 그 돈은 내 가슴에서 우러나온 욕구에서 비롯된 거야. 내가 무슨 돈 많은 아저씨라서 돈을 보낸 게 아냐. 나를 위해 쓸 수도 있는 돈이었어. 많은 사람이 자기를 위해 그 돈을 쓰려고 하겠지. 천 달러나 되니까 말이야.

나는 캐런 실크우드를 믿네. 그녀는 자기 신념을 지키려다가 죽었어. 내게는 순교자나 마찬가지야. 내게는 그 어떤 대의 못지않은 대의에 해당하는 인물이지. 그녀의 죽음은 나의 죽음이었어. 난 그걸 믿어. 그녀가 죽었을 때, 우리 모두의 내부에 있는 어떤 것도 함께 죽었어. 그 얼어죽을 고속도로에서 놈들이 그녀를 습격했을 때 말이야. 그녀는 신념의 대가를 치렀어. 어차피 방사성물질로 오염된 탓에 죽어가고 있었던 그녀가, 어차피 오래 못 가고 죽었을 그녀가 말이야. 난 놈들에게 놈들이 한 행위의 대가를 치르게 하고 싶어. 놈들이 한 짓을 만천하에 까발리고 싶어. 마틴 루서 킹 암살까지 이어지는 악행의 연쇄를 말이야. 난 놈들의 정체를 폭로하고 싶어. 한 놈도 남기지 않고.

릭맨 『태양계 복권』(1955)에서도 대통령을 죽이는 면허를 가진 암살자들이 등장하죠.

딕　　알아. 정말 기괴하지 않아? 나도 그 생각을 했는데 정말 놀랍더라고. 그냥 놀라울 뿐이었어. 왜냐하면 당시 그건 내가 상상할 수 있었던 가장 기괴하고 환상적인 사회상이었거든. 예언적인 SF 소설을 쓰는 것 따위에는 추호의 관심도 없었어. 내가 생각해낸 가장 터무니없으면서도 가장 무시무시한 비전은…… 암살로 정부를 정한다는 아이디어였지.

릭맨　　지금은 전 세계에 그런 국가들이 널렸습니다.

딕　　어이, 이걸 보게. (팔뚝의 긁힌 상처를 보여준다) 사다트 암살 뉴스를 들었을 때 내가 어쨌는지 알아? 난 이런 걸 하나 쥐고 있었는데 (오렌지 크러시 음료수 캔들을 가리키며) 그걸 그냥 짜부라뜨린 다음 피가 뚝뚝 떨어질 때까지 그걸로 내 팔을 긁었던 거야. 사다트가 암살됐다는 소식을 들었을 때 말이야. 사다트는 나의 영웅 중 한 명이었어. 영웅이었지. 내가 영웅으로 여기는 사람은 몇 되지 않아. 그는 그중 한 명이었지. 또 다른 영웅은 사다트의 가장 큰 적이고 암살 배후에 있었을지도 모르는 카다피야. 카다피도 내 영웅 중 한 명이지. 카다피 말고도 내겐 괴상한 영웅들이 있지. 체는 나의 위대한 영웅이었어. 체 게바라. 난 그를 죽인 CIA를 결코 용서하지 않았어. CIA가 맞아, 그건 이제 비밀이 아니지. 체를 죽인 볼리비아 용병들을 훈련한 건 CIA였어.

릭맨　　고의적으로 그 팔을 긁었단 말입니까?

168

딕   응. 그랬어.

릭맨   오렌지 크러시 캔으로요?

딕   뭘 쥐고 있었든 그랬을 거야. 그때 쥐고 있었던 게 오렌지 크
         러시였을 뿐이야. 피가 날 때까지 긁었지. 실은 피를 보고 싶
         었거든.

릭맨   왜요?

딕   그게 종교적인 행위였기 때문이야. 정신병적인 행동이 아냐.
         종교적인 행위라고. 죽은 사람을 위해 피를 흘리는 행위. 순
         교자가 죽었을 때 피를 흘리는 행위. 자기 피를 그들의 피와
         섞는 거지. 그렇게 해서 내 피는 사다트가 흘린 피와 섞였어.
         정말로. 그 뉴스를 들었을 때 나는 피를 흘렸어. 상징적으로
         피를 흘린 게 아니라, 글자 그대로 피를 흘렸던 거야. 피가 날
         때까지 팔을 긁어서. 피를 보고는 그러는 걸 멈췄지. 그런 다
         음 상처가 덧나지 않도록 알코올로 소독했어. 이제 난 사다트
         가 죽었을 때 피를 흘렸다고 말할 수 있지. 내가 자진해서 피
         를 흘린 건 그의 죽음을 추모하기 위해 육체적으로 피를 흘
         리고 싶었기 때문이야. 단순한 상징 따위를 통해 추모하는 게
         아니라. 물론 피를 흘린다는 일 자체가 강력한 상징이지만.
         하지만 내가 달리 뭘 할 수 있겠어? 그를 되살려낼 수 있는
         것도 아니니.

릭맨   카다피를 좋아하신다고요? 카다피를 좋아하는 이유가 뭡니
       까?

조금이라도 독창성을 가진 지도자들이 있으면
세상은 더 나아지지 않을까.

딕   미친놈이거든. 야생아고. 카다피는 달라. 아주 이례적이고 유
       일무이한 인물이지. 미쳤고, 아주 특이해. 카스트로를 닮았지.
       아주 희귀한 인물이야. 러시아를 지배하는 늙은이들처럼 공
       장에서 찍어낸 듯한 지도자가 아냐. 백 살은 되어 보이는 그
       늙은이들 말이야. 케케묵은 양복 차림에 케케묵은 안경을 끼
       고, 그걸로 케케묵은 서류를 읽으면서 시간을 보내는 거지.
       하지만 카다피가 무대에 오르면 무슨 디스코 댄서처럼 보이
       잖아.

릭맨   그건 그렇네요. 이제 오십대에 들어섰으니 전성기는 지났다
       고 해야 할지도 모르지만 그렇게 보이는 건 사실입니다.

딕   무슨 난봉꾼 같아 보여.

릭맨   그렇죠. 하지만—

딕   그런 인물은 권력을 잡으면 안 돼. 카다피 같은 인물은 절대
       로 권력을 잡으면 안 돼.

릭맨 카다피는 사다트를 암살하는 사람에겐 누구든 상금을 주겠다고 공언했습니다. 오늘 오후에 그런 글을 읽었습니다.

딕 나도 알아. 하지만 조금이라도 독창성을 가진 지도자들이 있으면 세상은 더 나아지지 않을까. 진짜로 위협적인 건 소비에트연방과 미합중국을 지배하는 얼굴 없는 지도자들이야. 그래서 사다트가 그렇게 위대하다는 거야. 진짜 인간이었거든. 카다피 역시 머리가 돈 데다가 사악하지만, 여전히 인간으로 볼 수 있는 존재이고.

●

릭맨 혹시 당신에게 구세주 콤플렉스가 있다고 비난한 사람은 없었습니까?

딕 있었지.

릭맨 정말로요?

딕 응. 친구들한테 이렇게 말한 적도 있어. 내가 망상에 사로잡혔다고 생각한다고. 내가 세상을 구원하려고 온 그리스도라는 망상. 자기 입으로 그런 소리를 한 건 내가 유일해. 난 내가 구세주 콤플렉스에 사로잡혀 있다고 확신하네. 그걸 어떻게 추측했는지 알아? 어린아이가 영양실조나 병으로 죽었다는 얘기를 들을 때마다 난 엄청 화가 나거든. 그래서 내가 구세주 콤플렉스를 가지고 있다고 유추해낸 거야. 그럴 경우 난 안타까워하는 수밖에는 없으니.

이번에 나온 잡지 〈TV 가이드TV Guide〉의 표지를 봤는데, 철조망 뒤에 있는 어린아이 사진이더군. 홀로코스트의 사진이었어. 내가 했던 거라고는 철조망 뒤의 어린아이를 보는 것뿐이었어. 그 여자애는 내가 기억하기로는 인형을 들고 있었어. 인형이나 뭐 그런 걸 갖고 있지 않았어? 하여튼 내가 한 일이라고는 그걸 보는 일뿐이었어. 실은 '홀로코스트'라는 단어조차도 떠오르지 않았고, 단지 어린아이의 모습을 봤을 뿐이었어. 그 여자애가 인형을 들고 있고, 철조망 뒤에 있다는 걸 본 거지. 그 이상 나를 화나게 하는 건 없을걸.

그래. 난 구세주 콤플렉스를 갖고 있네. 내가 뭘 하고 싶은지 알고 싶나? 난 철조망에 갇힌 그 어린아이를 해방해주고 싶어. 하지만 그럴 수 없는 건 그 아이가 이미 죽었기 때문이지. 그건 1943년, 1944년, 1945년에 일어난 일이야. 정확한 연도는 알려져 있지 않지만. 하여튼 오래전에 일어난 일이야. 내겐 지금도 현재진행형이지만.

릭맨   기독교에서 과거는 만회할 수 있든가 아니면 사후 세계에서 구원받습니다. 선한 사람들은 상을 받고, 어린아이는 천국으로 가고, 시카고에서 편하게 살다가 작년에 죽었다는 그 나치스 친위대 간수처럼 악한 자들은 죽은 뒤에 지옥으로 떨어져서 벌을 받게 됩니다. 마이트레야 개념에는 없는 기독교적인 개념이죠.

딕   맞아. 마이트레야는 이 지상에서 구원을 행하니까 말이야.

릭맨   하지만 개인을 대상으로 그러지는 않죠. 만약 개인을 대상으로 하지 않고, 과거의 죄악도 건드리지 않는다면, 그 어린아이를 구할 방법은 없습니다.

우리는 누군가를 비난하기 위해 여기 있는 게 아냐.
타인에게 심판을 내리려고 있는 것도 아니고.

딕   맞아. 자네 말이 옳네. 아주 정확해. 과거는 이미 흘러간 사건이니까. 우리가 이제 해야 하는 건 현재를 바꾸고 그럼으로써 미래를 바꾸는 거야. 그래서 난 섣부르게 판단하지 않는 걸세. 우리는 누군가를 비난하기 위해 여기 있는 게 아냐. 타인에게 심판을 내리려고 있는 것도 아니고. 우리는 세계를 바꾸기 위해서 여기 이렇게 존재하는 거라네. 과거에 연연할 여유는 없어. 알다시피 현재와 미래에도 문제는 산적해 있기 때문이지. 5천 년 전에 이미 그러지 못했다는 점은 유감스럽지만, 알다시피 '적수敵手'가 존재하는 탓에 그러지 못했지.
우리가 갇혀 있는 상황은 바로 적의 방해에 의한 거라네. 우린 연전연패했거든. 우리의 적수는 강력해. 내가 자네에게 읽어준 『역경』의 대목을 떠올려보게. '빛의 왕'은 '어둠의 왕'에게 스스로 예속당했고 부상을 입었어. '어둠의 왕'은 정말 강

173

대하거든. 우리의 적들도 매우 강대해. 자발적으로는 권력을 손에서 놓지 않거든. 힘으로 그것을 탈취하는 수밖에 없어.

●

인터뷰는 1982년 2월 17일 이른 저녁 시간에 일단락되었다. 릭맨은 떠나려고 했지만 딕은 가지 말고 중국 음식을 포장해 와서 함께 먹자고 졸랐다. 딕은 그 스스로 구세주의 재림에 개인적인 역할을 수행할 것이라고 믿고 있었다. 이를테면 1974년에 출간된 그의 소설 『흘러라 내 눈물, 경관은 말했다』는 암호화된 형태로 이 계시를 알리기 위해서 썼다는 식이다. 1981년에 페이퍼백 단행본으로 출간된 『발리스』는 명시적으로 그 사실을 알리고 있다. 밤이 깊어가면서 딕의 말은 점점 더 함축적으로 변하고 모순된 양상을 띠기 시작한다.

딕   『흘러라 내 눈물, 경관은 말했다』의 구조는 아주 신중하게 짜여 있다네. 그건 내가 구세주에 관해 처음으로 쓴 책이었어…… 아니, 처음은 아니군. 처음이 맞긴 한데, 1974년이 처음으로 그 정보를 공개한다는 결정이 내려진 해라는 뜻이었어. 그 정보가 수많은 방식으로 수많은 사람에게 수많은 형태로 공개되었다는 점에는 의심의 여지가 없어. 내 경우는 단지 하나의 예에 불과해, 무슨 뜻인지 알겠나? 내 책은 그중 하나에 불과하다는 뜻이야. 그 정보는 몇천, 아니 몇십만에 달하는 방식으로 나타났을 수도 있어. 그 책에 그런 정보가 들어 있는 건 확실하지만.

릭맨   알겠습니다. 1970년대에 출간된 당신의 다른 소설들은 어떻습니까? 그것들에도 암호나 계시가 포함되어 있나요?

딕   딱 한 번만 시도했어. 도대체 얼마나 많은 그리스도들이 재림하기를 원하나?

릭맨   (웃음) 누구든 자연스럽게 그런 의문을 가지지 않을까요.

딕   『발리스』는 1974년의 그 모든 술책을 글을 통해 열거한 것에 가까워. 술책이란 단지 『발리스』가 내게 부여한 과업, 그러니까 구세주가 재림했다고 선언하는 거였지. 하지만 잠깐 생각해보게. 『흘러라 내 눈물, 경관은 말했다』의 목적이 뭐였지? 구세주가 재림했다고 말하는 거였지. 그럼 『발리스』의 목적은? 구세주가 재림했다고 선언하는 거였어. 그럼 이 두 사이의 차이가 뭐냐고? 『흘러라 내 눈물, 경관은 말했다』에서 그 메시지는 암호화되어 있었지만, 『발리스』는 명백하고 공공연하게 그걸 선언한다네. 아주 큰 차이라고 할 수 있지.

릭맨   그럼 『성스러운 침입』(1981)의 목적은 무엇인가요?

딕   그 책엔 아무 목적도 없어. 단지 출판 계약을 이행하기 위해 썼을 뿐이야.

릭맨   『흘러라 내 눈물, 경관은 말했다』와 『발리스』만 가치가 있다고 인정하시는 건가요?

딕   설마. 책들의 가치하고 그건 아무 상관도 없어. 그보다 더 나
        은 책들도 썼는걸. 하지만 이 두 권에는 케리그마(그리스어로
        '선포하다' 또는 '설교하다'라는 뜻)가 담겨 있어. 구세주의 케리
        그마는 영원하다네. 이 두 책은 그런 의미를 담고 있어. 첫 번
        째는 암호로, 두 번째 책은 공공연하게.

릭맨   『발리스』에 등장하는 록 스타의 중요성에 관해 좀 더 구체적
        으로 설명해주시겠습니까? 그의 측근들에 관해서도요.

딕   싫어.

릭맨   (웃음을 터뜨린다) 그렇다면 더 이상 그 중요성을 인정하지 않
        으신다는 뜻인가요?

딕   내가 아는 한은 그래.

릭맨   알겠습니다.

딕   어이 자네, 이렇게 생각해보라고. 난 구세주가 재림했다는 사
        실을 선언하곤 했어. 하지만 이제 그런 선언을 하는 사람은

나 혼자가 아냐. 1974년에 벤자민 크림•이 구세주의 재림을 처음으로 예언했지. 따라서 1974년에 벤자민 크림과 나는 텔레파시 목소리를 통해 예전에는 한 번도 밝혀진 적이 없었던 정보를 전달받았던 거야. 모든 구세주가 실제로는 한 명이고, 크리슈나, 마이트레야, 가우타마, 그리스도, 이들은 모두 한 사람이라고 말이야.

릭맨　　그리스도, 붓다 등이 모두 성인이라는 독트린은 딱히 새로운 것이 아닙니다.

딕　　하지만 내겐 처음 듣는 얘기였고, 난 그걸 '발리스'라는 인공지능의 목소리를 통해서 들었던 거야. 내가 들은 얘기들은 그 책에 포함된 논문인 트락타테스 크립티카 스크립투라Tractates Cryptica Scriptura에 모조리 넣어두었네. 그게 붓다 얘기를 하면 난 붓다 얘기를 받아썼어. 그게 미키 마우스 얘기를 했다면 미키 마우스 얘기를 받아 적었겠지. 당시 발리스는 이미 내 어린 아들의 선천적 결함을 진단해서 그 아이의 목숨을 구해줬고, 내 목숨도 구해줬어. 내가 죽을 때가 되면 발리스가 어떻게 내 목숨을 구해줬는지 얘기해줄게. 아직 아무도 모르는 얘기야. 극히 소수의 사람이 발리스에 관해 알고 있지만 서로 그 얘기를 할 필요는 없지. 하여튼 그건 내 목숨을 구해줬어.

•　　구세주의 재림이 '세계의 스승'인 마이트레야, 즉 미륵불의 형태로 이루어질 것이라고 예언한 영국의 신비주의자.

아들 크리스토퍼 케네스 딕에게 책을 읽어주고 있는 딕

확실한 죽음을 피하게 해준 거지. 그 얘긴 『발리스』 책에는 포함되지 않았지만.

릭맨   1974년에 당신이 선택받았는지 물어볼 작정이었는데―

딕   '선택받았다'라는 표현은 쓰지 말게. 마치 '주의 기름 부음을 받은 자'처럼 들리지 않나. 메시아라는 단어는 '기름 부음을 받은 자'라는 뜻일세. 그냥 '무작위적으로 뽑혔다'고 해줘.

릭맨   무작위적으로 뽑혔다, 만약 당신이 무작위적으로 뽑힌 거라면―

딕   어이, 그건 〈LA 타임스〉의 구독을 권유하는 전화 같은 거라네. 무작위적으로 뽑은 전화번호에 걸거든.

릭맨   하지만 그건 당신이 SF 작가라는 사실에 반하지 않나요? 워낙 귀가 얇기 때문에 그런 것까지 다 믿는다는 건가요?

딕   어이, 난 이 역할에 딱 들어맞는다고. 작가이기에 난 자격이 있어. 난 대중소설을 쓰고, 아무도 그런 것에는 신경을 안 쓰고, 난 무엇이든 하는 말을 다 믿어버리거든.

릭맨   그럼 당신을 무작위적으로 고른 게 아니잖습니까.

딕   내가 뽑힌 건 방금 말했듯이 모든 자격을 충족하고 있기 때문이야. 멍청하고, 뭐든 믿어버리고, 순수문학이 아닌 대중들이 소비하는 소설, 그것도 별로 중요하지 않은 소설들을 쓰는 인물이거든. 공통분모를 찾아보라고. 본질적으로 남의 말을 잘 믿고, 약간 맛이 갔고, 기본적으로 기존 체제 밖에서나 읽히는 책이라는 걸 뻔히 알면서도 써 재끼는 인물. 천국에 관해 알고 싶으면 성서를 찾아 읽으라고. 천국 얘긴 거기에 나와 있으니까 말이야. 난 이상주의적이고, 멍청하고, 미쳤고, 적게나마 영향력을 갖고 있긴 하지만 그조차도 별 볼 일 없어. 자기 책에서 예언을 할 때도 있지만 그것도 별 볼 일 없고. 알다시피 난 미키 스필레인이 아냐. 수전 손택도 아니고. 완벽하지 않나? 이렇게 살아 있긴 한데 전혀 중요한 인물이 아니잖아. 그런 내 얘길 들어줄 사람은 아무도 없어. 관심을 가져줄 사람도 아무도 없어.

릭맨   하지만 당신이 뽑혔다는 사실로 인해 당신은 중요해지지 않았나요?

딕   나중에 되돌아보았을 때나 그렇게 느끼겠지.

릭맨   그렇군요.

딕   만약 마이트레야가 등장한다면 그렇겠지.

릭맨   알겠습니다.

딕   그런 게 없으면 난…… 난 그냥 뭣도 모르는 얼간이에 불과해. 완전히 산산조각 나는 거지. (웃음)

릭맨   모욕적인 환원주의적 심리 해석의 가능성을 하나 제기해도 되겠습니까.

딕   그러게나. 그러는 동안 난 이 춘권을 다 먹어버릴지도 몰라.

릭맨   그럼 이것부터 시작해야겠군요. 예전에 당신이 쓴 편지들을 보면, 당신이 쓴 SF 소설들이 별로 중요하지 않다는 언급이 있습니다. 1950년대와 1960년대의 일이군요. 빨리 SF 쓰는 일을 졸업하고 진짜 글을 쓰고 싶다는 식입니다. 당신이 쓰고 싶다던 신비적인 소설—

딕   당시엔 그런 개소리를 많이 했지.

릭맨   '진짜 글'에 대해 이야기하시더군요. 1957년에 (에이스 북스에서 딕을 담당하던 편집자인) 도널드 울하임에게 보낸 편지에서, 당신은 SF를 그만 쓰겠다고 했습니다. 그리고 저는 울하임이 보낸 답장도 보았습니다.

딕   그 편지는 지금도 잘 기억하고 있네.

릭맨   그렇다면 당신은 진지한 평가의 대상이 되고 싶다는 욕구를 어느 정도 갖고 있었던 게 맞죠? 따라서 1950년대에는 제대로 된 문학가로서는 평가받지 못했다는 얘기군요. 1960년대에는 온갖 종류의 뛰어난 SF 소설을 썼는데, 결국은 지금도…… 글쎄요, 아직도 충분히 평가받지는 못하고 있는지도 모릅니다. 아까 말했듯이 이건 모욕적이고 환원주의적인 가설이 맞습니다.

딕   얼마든지 얘기할 수 있어. 아주 익숙한 화제거든.

릭맨   알겠습니다. 1970년대에 당신은 대변인을 자처한 적이—•

딕   환원주의적이로구먼. (웃음) 어이, 그건 그냥 환원주의적인 게 아니라 아예 대놓고 모욕적이지 않나!

릭맨   그렇게 경고하지 않았습니까. 하여튼 간에—

딕   친구, '환원주의적'이라는 단어는 아주 넓은 분야를 아우를 수 있다네.

•   1978년에 딕이 했던 자전적인 연설 〈어떻게 하면 이틀 만에 무너지지 않는 우주를 만들 수 있는가How To Build a Universe That Doesn't Fall Apart Two Days Later〉에서 딕은 디즈니랜드에서 불과 몇 마일밖에 떨어지지 않은 곳에 살고 있다는 사실을 언급하며 그 대변인을 자처했다.

릭맨   예, 하여튼 간에—

딕   뭔 얘기를 하려는지 알아들었어.

릭맨   뭔 얘긴지 알아들었다, 좋습니다.

딕   왜 세상에서 자기를 진지하게 받아들여주지 않는지 몇십 년
            이나 고민했다, 이거군.

릭맨   그렇습니다.

딕   억울하고, 억울해서, 고민에 잠겼다가, 갑자기 깨닫기 시작했
            어. 나, 마치 A. E. 밴보트 소설의 주인공 같잖아. 여기저기 돌
            아다니다가, 자기 차 타이어를 위치교환하다가, 갑자기 자기
            한테는 뇌가 하나 더 있다는 사실을 깨닫는 식이지. 알고 보
            니 다른 은하계 출신이었고, 벽을 공기처럼 통과하는 능력
            도 있고. (웃음) 어이, 난 타이어 위치교환 따위는 하지 않아.
            난— 휴— 메시아가 아니라 그가 올 걸 예고한 세례자 요한
            역할이라고. 어이, 진심이야. 난 메시아를 목표로 삼을 수도
            있었어. 적어도 내가 세례요한만 목표로 삼았기에 다행이라
            고 생각하라고. (웃음) 그러니까, 난 타인의 죄를 사해줄 능력
            따윈 없어. 치유 능력도 없고. 내가 가진 능력이라곤 난 세례
            자 요한이니까 넌 이제 끝났어, 라고 말하는 것밖엔 없다고.
            (웃음) "나보다 능력 많으신 이가 내 뒤에 오시나니 나는 굽혀

그의 신발 끈을 풀기도 감당하지 못하겠노라."• 우리 죄를 사
하여주실 분은 그분이라는 뜻이야. 거꾸로 선 양초를 아무 소
리도 내지 않고 날아가게 할 수도 있고. (웃음) 산 하나를 통
째로 사라지게 하고, 자네 거실에 홀연히 등장할 수도 있어.

릭맨   그럼 누가 살로메 역할인지는 얘기해줄 생각이 없습니까. (살
로메를 잘못 발음했다.)

딕   살로메••. 살라미는 델리에서 파는 소시지 이름이고. 알았어,
알았네. 결국 내가 인정하도록 만들었군. 예수는 세례자 요한
을 뭐라고 했지?

릭맨   나보다 앞선 자라고 했던가요.

딕   어, 누구라고? 어이, 자네 성경도 안 읽어봤나? 세례자 요한
은 엘리야•••였어. 맞아, 세례요한의 정체는 선지자 엘리야였
던 거야. 구약의 말라기에 있는 예언을 실현하기 위해서 온
거지. "보라 크고 두려운 주의 날이 이르기 전에 내가 예언자

•   신약성서 마가복음 1:7.
••   유대 왕 헤롯의 생일날에 춤을 추고, 그 대가로 세례요한의 목을 달라고 요구한 뒤 그 요구
      를 관철했다.
•••   예수가 태어나기 훨씬 전인 기원전 9세기경에 살았던 예언자이며, 구약성서에 등장한다.

엘리야를 너희에게 보내리니."• 그리고 예수에게 이에 관련된 이야기를 했고, 예수는 세례자 요한이 엘리야라고 했어.•• 나는 엘리야야. 아니, 그건 사실이 아니군. 엘리야의 영혼이 내게 빙의했고, 『성스러운 침입』은 바로 그 얘기를 쓴 거야. 이런 얘기까지는 하고 싶지 않았지만 자네 질문에 넘어가버렸군.

그걸 대체할 수 있는 대답도 있네. 엘리야가 내게 빙의했다고 주장하거나, 아니면 내가 세례자 요한이라는 장대한 망상을 펼칠 수 있지. 하지만 난 내가 세례자 요한이라는 장대한 망상은 갖고 있지 않네. 엘리야의 영혼이 내게 빙의해서 나로 하여금 예언을 하게 만들었다는 장대한 망상은 가지고 있지만 말이야. 그럴지도 모른다는 얘길 내게 처음으로 한 게 누군지 아나? 토머스 디시°였어. 1974년 말에 내 신비체험 얘기를 해줬더니, 마치 자네에게 엘리야가 빙의한 것처럼 들리는 군, 이라고 하더라고. 그럴듯하게 들리지 않나? 내게 빙의한 인격은 엘리야였어. 엘리야 같은 것이 아니라 엘리야였던 거야. 난 전혀 상상하지도 못했지만.

내가 어떻게 그 인격이 엘리야라는 걸 알아냈는지 아나? 난 "알토Alto," 즉 "높다"는 뜻의 이름을 가진 건물에 관한 꿈들을 꿨어. 그 건물은 카르멜산에 있었고 그 주위에 소방차들이 늘

•   말라기서 4:5.

•• 신약성서 마태복음 11:14. "와야 할 엘리야가 곧 이 사람이니라."

°   『캠프 콘센트레이션』 『334』 등을 쓴 미국의 SF 작가.

어서 있는 게 보였으니 그건 여호와의 선지자인 엘리야가 바알신의 선지자들을 상대로 어느 신이 하늘에서 불을 내리는 진짜 신인지를 보여주자고 도전한 장면이 맞아.• 다른 꿈에서 난 내 친구인 엘리사를 부르려고 했는데, 엘리사는 엘리야와 관계가 있는 젊은 선지자의 이름이기도 해.

맞아. 내게 빙의한 건 엘리야였어. 인정해. 죽여줘. 나를 죽여달라고! 이 사내는 엘리야에게 빙의되었다고 믿고 있어. 빙의된 게 맞아. 난 엘리야에게 빙의됐어. 하지만 무슨 목적으로? 왜냐하면 엘리야가 먼저 오고, 그다음에 그 사실이 밝혀지는 식으로 예언이 성취될 필요가 있었기 때문이야. 세례자 요한이 예수를 위해 한 일은 바로 그거였어. 일단 예언을 성취한 다음 세례자 요한은 무대에서 사라졌지. 사실 머리가 잘려 죽었는데 난 그 꿈도 꿨다네.

난 지하 감옥에 있었어. 로마군의 지하 감옥이었고 그자들은 내 머리를 잘라내기 전에 철사로 된 줄로 내 목을 졸라서 죽였어. 난 그런 꿈을 꿨고, 그건 내가 살았던 삶의 기억이었어. 난 자네가 이름을 잘못 발음한 그 여자(살로메)를 위한 상으로 머리가 잘린 세례자 요한이었던 거야. 정말 지독한 년이었지. 한 번도 호감을 느낀 적이 없었어. 존재 자체를 견디지 못했어. 맞아. 그게 내가 꾼 꿈이라네. 난 머리가 잘려나갔던 걸 기억하고, 놈들이 내가 갇힌 방으로 와서 내 머리를 자른 다

• 구약성서 열왕기상 18:1~46. 참고로 딕이 죽은 지 30년 가까이 지난 2010년에 이스라엘의 카르멜산에서 기록적인 산불로 인해 소방관과 경찰관 들을 포함한 많은 사람이 희생되었다.

음 가져갔던 걸 기억해. 정말 끔찍했지.

내가 문으로 들어왔을 때 어떻게 했는지 알아? 난 전신전령을 다해 저주의 말을 퍼부었어. 난 그자들을 눈곱만치도 사랑하지 않았어. 요한은 성격이 불같은 사내였지. 아주 입이 걸었고. 그건 엘리야였고 그건 나였어.

응, 그건 『성스러운 침입』에 포함되었어. 『성스러운 침입』에 아무 목적도 없다고 한 건 거짓말이었네. 그건 엘리야 얘기를 하기 위해 쓴 거야. 조금은 야웨에 관한 것이기도 하고. 하지만 대부분은 엘리야에 관한 얘기지.

내게 빙의한 게 엘리야라는 어렴풋한 느낌을 처음 받은 건 그마음에 빙의되었던 상태로 어떤 가게에 들어갔을 때였어. 나는 거기서 유대인인 내 여자친구와 마주쳤는데, 거기서 우린 엘리야와 유월절과 유월절의 잔 얘기를 했고, 농담을 나눴지. 그리고 다른 친구에 관해 얘기하다가 내가 말했어. "식탁에 잔을 하나 더 놓는다면 그 친구가 뭐라고 할 것 같아?" 이랬더니 그녀가 말하길, "걔는 이해 못 할 거야. 우리처럼 유대인이 아니니까—" 이러다가 퍼뜩 말을 멈추더니, 내게 묻더군. "너도 유대인이 아니잖아. 그런데 그런 일들에 관해 어떻게 그렇게 잘 알아?" 엘리야를 위한 잔을 놓고 그가 들어오도록 문을 여는 습관이라든지 그 밖의 모든 것들에 관해서 말이지. 그녀와 내가 가게 안에서 얘기를 나눈 건 유월절 무렵이었어. 그녀가 내게 물었어. "엘리야가 매년 유월절마다 온다는 건 어떻게 알았어?" 난 말했지. "맙소사, 네 말이 맞아. 난 유대인이 아니잖아. 그렇지?" 그랬더니 상당히 겁에 질린 눈치더라고. 이건 농담이 아냐. 잠깐 동안 그녀는 나를 유대인이라고 생각했던 거야. 왜냐하면 내가 기독교가 아니라 유대교 얘기를 하고 있었거든.

그러니까 맞아. 엘리야는 내게 빙의했고, 그걸 내가 어떻게 생각했는지 알고 싶어? 그가 내게 빙의한 건 내 목숨을 구해주기 위해서였다는 게 내가 내린 결론이야. 예를 들면 『성스러운 침입』에 나온 것처럼 말이야. 거기에서 엘리야가 행동에 나서는 걸 볼 수 있지. 역사상의 인물이기도 하지만, 사람들의 수호자로서의 역할도 맡고 있지. 그거 더 먹고 싶어?

릭맨   아뇨. 충분히 먹었습니다.

딕   좋아. 마지막 남은 건 내가 먹겠네. 정말 충분히 먹었어?

릭맨   예, 아주 잘 먹었습니다. 고맙습니다.

딕   아니, 그건 엘리야였어. "나보다 능력 많으신 이가 내 뒤에 오시나니"라고 말한. 그리고 『흘러라 내 눈물, 경관은 말했다』에 그걸 암호처럼 넣는 방법으로 나는 구세주의 재림을 선언한 거지. 그러면서 나를 엘리야와 동일시했던 거야. 그러자 기억이 돌아오기 시작했어.

같은 달, 『흘러라 내 눈물, 경관은 말했다』가 출간된 달에 사랑니 발치 수술을 받고 통증을 억제하기 위해서 펜토탈소디움을 먹었을 때, 내가 엘리야였다는 기억이 되돌아오기 시작했어. 모조리 기억이 났지. 팔레스티나에서 살았던 시절까지 생각났어. 아마 이런 소리를 하면 총에 맞아 죽을지도 모르지만, 당시 그리스도가 오는 것을 하염없이 기다리기만 했던 비극적인 상황을 나는 기억하네. 왜냐하면 엘리야는 계속 기다리기만 했거든. 바꿔 말해서, 세례자 요한이 살해당한 뒤에도 엘리야는 계속 존속하면서 예수의 제자들과 함께 있었던 거야.

엘리야는 유월절 뒤로 이어지는 수장절*에도 사람들이 생각하는 것보다 훨씬 더 큰 역할을 수행한다네. 알다시피 엘리야는 사람들에게 자기 영혼을 보내는 능력이 있었거든. 수장절에 온 건 그리스도가 아니라 엘리야였어. 그래서 『발리스』에서는 엘리야가 예수 안으로 들어가서 그를 십자가에 못 박힌 채로 놓아두었고, 예수가 "엘로이, 엘로이, 라마 사박타니^{eloi} $^{eloi\ lama\ sabachthani}$"**라고 부르짖으니까 사람들은 그가 엘리야를 부른다고 말했는데,*** 사실 하느님이 아니라 엘리야를 부른 게 맞아. 엘리야는 예수를 저버리고 떠났고, 수장절에 다시 돌아왔으니까 말이야. 엘리야가 맞아. 엘리야였어.

어이, 하여튼 간에 그는 돌아왔어. 제자들에게도 돌아왔지만 그리스도는 절대 그러지 않았어. 왜냐하면 뭔가 끔찍한 어긋남이 있었기 때문이야. 벤자민 크럼은 뭐가 어긋났는지를 지

●　　　Pentecost, 유대교의 추수 경축절.

●●　　'나의 하느님, 나의 하느님, 어찌하여 나를 버리셨나이까'라는 뜻이다.

●●●　　신약성서 마가복음 15:35. "곁에 섰던 자 중 어떤 이들이 듣고 이르되 보라 엘리야를 부른다, 하고."

적했는데, 잡혀가기 전날 밤 올라갔던 겟세마네 동산에서 기도하던 예수는 자기에게 아버지 하느님의 지혜와 아버지의 사랑이 있지만 아버지의 의지는 갖고 있지 못하다는 사실을 깨달았다는 점이지. 그렇지만 그가 할 수 있는 일은 아무것도 없었어. 크림은 이번에는 그와 다르다고 말하고 있어. 이번에는 아버지의 의지도 갖고 있다고 말이야. 이제는 왕으로서 명령할 수 있지만 팔레스티나에서는 그러지 못했지.

알다시피 예수는 왕이었지만 통치하지를 못했어. 명령을 내릴 수 없었던 거지. 왕이 하는 일이 뭐지? 명령하는 거야. 그런데 그는 그러지 못했어. 아버지 하느님의 의지를 갖고 있지 못했기 때문에. 아버지 하느님의 아가페는 가지고 있었어. 지혜도 가지고 있었고. 하지만 의지를, 힘을 가지고 있지 못했던 거야. 그래서 명령할 수 없었어. 결국 그건 불발로 끝났고 엘리야는 내가 『성스러운 침입』에서 묘사한 것처럼 행동했어. 하지만 이제 예수는 다시 왔어. 그 존재들이 혼합되는 걸 보라고. 그 존재들은 서로 혼합되거든. 엘리야와 예수 사이에 뚜렷한 차이는 없어. 엘리야와 그리스도도 마찬가지야. 그들의 존재가 가리키는 건 테오파니(육체적 또는 개인적으로 현현한 삼위일체로서의 하느님의 본질을 가리킨다), 즉 인간 앞에서의 신의 현현顯現이야.

현현한 건 속성들의 일부이지 전부는 아니지만 말이야. 플로티노스의 발출의 동심원들 같은 거라고나 할까. 원이 하나씩 더해질 때마다 뭔가를 잃는 식이지.

흠, 엘리야는 유대인들에게는 신성神性과 그들을 이어주는 연결 고리였어. 야웨가 호렙산에서 엘리야와 대화하는 장면 속 테오파니의 묘사는 정말 아름답지. 테오파니를 아름답게 묘사한 대목을 찾는다면, 바로 그거야. 고요한 작은 음성, 낮게 속삭이는 듯한 음성으로 말하는 야웨. 그건 진짜였어. 진짜 야웨의 목소리였던 거야. 따라서 내 얘기도 진짜라는 걸 알겠지.° 내가 들었던 목소리, 내가 인공지능의 목소리라고 부르는 그건 엘리야가 들었던 그 목소리였던 거야. 고요한 작은 음성, 낮게 속삭이는 듯한 음성 말이야. 그리고 모든 가면이 벗겨지면, 난 벤자민 크림에게 이렇게 썼어. 모든 가면이 벗겨지면, 그런 메시지들은 마이트레야가 아니라 야웨에게서 왔다는 사실을 알 거라고 말이야. 그것들은 야웨에게서 온 거야. 난 알아. 어떻게 알았는가 하면, 그 메시지들을 분석해보니까 야웨의 것이 맞았거든. 또 나는 야웨의 목소리를 들은 적이 있기 때문에 알았지. 단지 야웨의 목소리를 들은 게 아니라, 야웨의 목소리라는 대답을 얻었고, 거기서 하느님의 성령을 보았던 거야. 그건 여자 목소리였어. 내가 들은 목소리는 그거였어. 그걸 내가 마이트레야라고 부르는 건 우리가 앞으로 그렇게 부를 것이기 때문이지. 하지만 내가 들은 말은 이랬어. "네가 기다리던 시간이 왔다. 너의 일은 완수되었고, 마지막 세계가 왔노라. 그는 이식받았고 그는 살아 있다."

○ 구약성서 열왕기상 19:12. 과도하게 열성적인 엘리야에게 신은 크고 강한 바람, 지진, 불을 보이면서도 그 안에 언제나 있지는 않다는 것을 보여주고, 대신 '불이 있은 뒤에 고요한 작은 음성'으로 현현한다.

그러면서 내게 테트라그라마톤°을 보여주더군. 야웨가 맞아. 열여섯 개의 옷을 입고 가면을 써도 여전히 야웨인 거야. 내가 보는 한 그 목소리의 정체는 야웨가 맞아.

그걸 알아낸 다음 벤자민 크림한테 편지를 보내서 이 기억에 대해 얘기하니까, 우리 모두 자기가 믿는 것의 맥락에서 그걸 볼 거라는 대답이 돌아왔어. 그래서 난 크림이 말한 그대로를 실행에 옮겼다네. 난 야웨를 믿기 때문에 이 야웨를 봤고, 나중에는 크리슈나를 봤어. 그게 뭐였든 간에, 그건 엘리야와 대화한 그 목소리였어.

난 그 목소리를 알아. 내가 어렸을 때…… 이건 자네의 그 심리학적 가설에 딱 맞는군. 자네의 그 "환원주의적인 심리적"—

릭맨   그건 그냥 가설입니다. 믿는다고는 하지 않았습니다. (웃음)

딕   내가 중학교에 다닐 무렵 낮 시간대에 라디오에서 방송되던 소프오페라 중에 성경 이야기인 〈세계의 빛The Light of the World〉이라는 게 있었어. 성경의 일부를 각색한 거였지. 내가 그걸 듣기 시작한 건 우연히도 엘리야에 관한 부분이 방송되었을 때부터였어. 그래서 난 성경을 읽기 시작했고, 엘리야가 등장하는 그 대목도 읽었지. 그때부터였어. 엘리야가 들었

○   신의 이름에 쓰이는 네 개의 히브리어 글자인 '요드, 헤, 바브, 헤'를 의미하며, 라틴 알파벳으로는 YHVH로 표기된다.

다는 그 낮게 속삭이는 듯한 음성을 듣는 것이 나의 가장 절실한 소원이 된 것은. 그건 주님의 목소리이고, 그것이야말로 자네의 심리학적 가설의 토대가 되어줄 수 있겠군. 그 어린 학생은 불과 몇 년 만에, 믿기 힘들겠지만 2, 3년 안에 그 소원을 이뤘다네. 11학년 때 학년 말 물리학 시험을 치고 있었을 때 말이야. 그때 그 목소리를 듣긴 했지만, 그게 내 소원과 관계가 있다고는 생각 못 했어.

따라서 이 모든 것이 나의 완전한 판타지에서 비롯되었을 수도 있겠지. 엄청나게 조직적이고, 화려하고, 장기적이고, 호화캐스팅에, 고예산에, 최고의 스타들을 한자리에 모은 덕에 각광을 받고 기자회견까지 하는 종류의 판타지이지만 말이야. 그 목소리를 듣고 싶다는 나의 욕구는 몇십 년이라는 세월에 걸쳐 나를 움직여왔고, 그러던 어느 날 자만심과 과대망상으로 가득한 나만의 방식으로 내가 엘리야라는 사실을 깨닫게 됐던 거야. 그건 묘한 방식으로 일어났지. 토머스 디시는 내가 엘리야처럼 얘기한다고 했어. 마치 엘리야에게 빙의된 것처럼.

릭맨   엘리야에게 빙의되는 것과 실제로 엘리야인 것과는 차이가 있습니다.

딕   맞아.

릭맨   상당히 큰 차이입니다.

딕   그야 그렇지. 영혼이 엔투시아스모스* 된 상태이니까, 빙의가
      맞아.

릭맨   알겠습니다. 1974년에 어떻게 해서 선택받았는지 얘기해주시
      겠습니까.

딕   난 선택받지는 않았어. 그냥 동전을 던져서 내가 당첨되었던
      거야.

릭맨   알겠습니다. 흠. 그들이 당신을 고른 건 당신이 SF 작가고 뭐
      든 믿어버리기 때문이라고 했죠. 알았습니다. 그럼—

딕   정말 멍청했으니까.

릭맨   1976년의 자살 시도에 관해서는 어떻게 생각하십니까? 왜 그
      런 시도를 하도록 내버려두었을까요?

딕   엘로이, 엘로이, 라마 사박타니. 엘리야가 나를 떠났거든. 누
      군가가 나를 떠나서 자살하려고 한 건 아냐. 자살하려고 한
      건 엘리야가 나를 떠났기 때문이었어. 그게 어떤 기분인지 자
      네는 상상도 못 할걸. 진심으로 하는 얘기야. 진심으로 말하

●   enthousiasmos. '신의 본질에 사로잡힌'이라는 뜻의 그리스어이며, 열정을 의미하는 영어
      'enthusiasm'의 어원이다.

는 건데, 그 영혼이 나를 떠났기 때문이었어. 그가 떠나는 걸 느꼈을 때는 정말 끔찍한 기분이었어. 키르케고르였던가, 십자가의 요한●이 말했던 영혼의 길고 어두운 밤에 빠진 상태였다고나 할까. 정말이지 끔찍했어. 마이클 비숍○에게 보낸 편지에서 난 이렇게 썼어. 신을 안 뒤에 더 이상 그를 모르는 것보다 더 끔찍하고 큰 형벌은 이 세상에 없다고 말이야. 신을 알고 있던 엘리야에게 빙의된 뒤에 다시 혼자가 된 느낌. 더 이상 목소리가 들리는 일은 없었어. 죽든 살든 상관없다는 심정이었지. 그건 그렇고, 엘리야도 그런 상태에 빠져서 죽으려고 한 적이 있다는 걸 알아? "이제 충분하오니 내 생명을 취하시옵소서."●● 그는 말했지. "이제 내 생명을 취하시옵소서." 죽으려고 앉았어. 엘리야가. 흔히 있는 일이지.

릭맨   그런 상태였지만, 자살을 실행에 옮기지 못했다는 뜻이군요?

딕   흠. 병원에서 치료를 받았거든.

릭맨   그랬군요. 하지만 무슨 영적인 도움을 받은 건 아니었군요. 그래도 그들이 "우린 아직 이 친구가 필요해"라고 생각한 건

●   16세기 스페인의 사제이자 신비주의자, 시인, 가톨릭 성인.

○   미국의 SF 작가. 『은밀한 승천: 아아, 필립 K. 딕이 죽었다The Secret Ascension: Philip K. Dick is Dead, Alas』를 썼다.

●●   구약성서 열왕기상 19:4.

아니었을까요.

딕   아냐. 그들은 『흘러라 내 눈물, 경관은 말했다』에 암호를 넣은 시점에서 만족했던 것 같아.

릭맨   그걸로 만족했다는 말입니까?

딕   응. 그 뒤로 『발리스』가 나온 건, 『발리스』가 나온 건 솔직히 말해서 순전히 나의 집념 때문이었던 것 같아. 일종의 공모 관계였다고나 할까.

기본적으로 나는 『흘러라 내 눈물, 경관은 말했다』로 내 역할을 다했던 거야. 그 뒤에는 (자살 시도에서) 회복하려고 전력을 다했지만, 전력을 다하지 않았더라도 나 없이 그대로 계속되었을 것 같아.

알다시피 난 『흘러라 내 눈물, 경관은 말했다』로 내 역할을 다했거든. 거기서 끝날 수도 있었겠지만, 그 뒤에도 여전히 난 쓸모가 있었을 거야.

릭맨   『흘러라 내 눈물, 경관은 말했다』의 암호를 어떤 사람들이 수신했을까요?

딕   그걸 알 수만 있다면 내 모든 걸 바쳐도 좋아. 만약 그걸 알 수 있었다면, 그 조직의 구조를 알 수 있을 테니까 말이야. 서적 진열대에서 그걸 골라 산 사람들이 그걸 수신하지 못했다

『흘러라 내 눈물, 경관은 말했다』를 들고 앉아 있는 딕

는 건 명백하니까. 그 책은 특정한 사람들을 향한 것이었던데 비해, 『발리스』는 그걸 읽는 독자들 전체를 향한 것이었어. 『발리스』를 둘러싼 상황은 달랐지. 『발리스』가 나왔을 때 구세주는 이미 온 상태였거든. 그는 1977년에 왔고, 『발리스』는 1981년에 나왔지. 『흘러라 내 눈물, 경관은 말했다』는 1974년에 나왔는데, 그때 구세주는 아직 재림한 상태가 아니었어. 1977년이 되어서야 돌아왔지. 따라서 『흘러라 내 눈물, 경관은 말했다』는 그가 한 약속에 대한 언급이야. 그 암호를 그이외의 다른 사람이 읽지 않는 것이 아주 중요했어. 하지만 누가 읽었는지는 모르겠군. 전혀 짐작도 가지 않아. 알고 싶지만 말이야. 그걸 누가 수신할 예정이었든 간에, 아마 수신했겠지. 왜냐하면 그게 나왔던 달에 나는 분홍색 광선을 맞고 그랬거든.

난 누가 그 암호를 수신했는지 알고 싶어. 그 암호가 전달되는 건 정말로 중요한 일이었어. 그 암호가 전달되는 건 죽고 사는 문제였지. 실제로 전달되었고, 누군가가 그걸 읽은 건 확실해. 반응도 있었지. 아주 즉각적인 반응이.

●

흥분 상태에 빠진 딕은 이야기를 계속하고 싶어 했지만, 릭맨은 가까스로 딕의 요청을 고사하고 오후 10시경에 그의 아파트를 떠났다. 다음 날 딕은 뇌졸중 발작을 일으켰고, 언어 능력을 되찾는 일 없이 12일 후에 죽었다. 향년 53세였다.

　　『필립 K. 딕의 말』은 퓰리처상을 수상한 저명한 저널리스트 데이비드 스트레이트펠드가 편찬한 필립 K. 딕의 인터뷰집을 한국어로 옮긴 것이다. 필립 K. 딕은 현대 과학소설의 역사에서 군계일학으로 손꼽히는 거장인 동시에 20세기의 미국 문학을 대표하는 작가 중 한 사람이며, 44권의 장편소설과 120여 편에 달하는 중단편을 출간했다. 생전에는 큰 성공을 거두지 못하고 53세의 젊은 나이로 요절했지만, 그가 남긴 작품들은 리들리 스콧의 〈블레이드 러너〉(1982), 스티븐 스필버그의 〈마이너리티 리포트〉(2002) 등을 위시한 여러 할리우드 영화의 원작으로 채택되어 대중의 각광을 받았다. 그와 병행하는 형태로 평단의 전면적인 재평가가 이루어지면서, 디스토피아를 배경으로 형이상학과 통속 SF 밈들이 혼재하는 딕의 독특한 작품 세계는 현대의 SF 문학과 영화를 규정하는 원류의 하나로 자리 잡았다. 국내에서는 필자가 라이브러리 오브 아메리카Library of America의 판본을 저본으로 삼아 기획한 '필립 K. 딕 걸작선'(현대문학) 등을 통해 (SF 작가로서는 드물게) 대부분의 대표작이 소개되었다.

　덕은 평생을 우울증과 피해망상에 시달렸고 암페타민 남용의 부작용으로 인한 환각을 경험하는 일도 잦았지만, 이런 경험을 소설에 내재화할 수 있는 탁월한 지성과 작가적 재능의 소유자였다. 특히 『발리스』(1981)를 포함한 후기 작품들에는 영지주의에 몰입했던 말년의 종교적 성향이 그대로 반영되어 있는데, 그중에서도 '분홍색 광선'의 일화로 유명한 1974년의 신비체험은 개인사 차원의 '절실함'에서 우러나온 그의 인간적인 측면을 가감 없이 드러내는 결정적인 계기로 작용했다.

　필립 K. 딕은 말년에 동료 작가 및 작가 지망생들과 편지와 인터뷰 등을 통해 활발하게 교류함으로써 상당한 양의 자료를 남겼다. 1977년 프랑스의 메스Metz 문학 축제에 주빈으로 참석했을 때는 〈만약 이 세상이 끔찍하다고 생각하면, 다른 세상들로 가보라If You Find this World Bad, You Should See Some of the Others〉라는 제목의 난해한 강연으로 청중들을 어리둥절하게 만들었지만, '모의 현실programmed reality'에 관한 딕의 이 언설은 훗날 그의 우주관의 근간을 이루는 개념으로서 주목받았다('Philip K. Dick speech'로 검색하면 당시의 영상을 볼 수 있다). 본서에 수록된 인터뷰들은 바로 이 시기에 집중적으로 이루어졌는데, 주로 소설이나 서간집 등의 문서 자료를 통해서만 접할 수 있었던 딕의 내면세계를 직접 엿볼 수 있는 귀중한 1차 자료로 평가받는다.

　'말' 시리즈에 실린 인터뷰 대화는 상호 존대로 번역해왔지만, 본서의 경우는 필자의 요청으로 반말을 다용했음을 첨언해둔다.

| 1928 | 12월 16일, 일리노이주 시카고에서 '필립 킨드레드 딕'이라는 이름으로 쌍둥이 누이 제인 샬럿 딕과 함께 태어난다. 아버지 조지프 에드거 딕은 제1차 세계대전 참전 이후 미국 농무부에서 일했다. 어머니 도로시 킨드레드는 만성 신부전증을 앓고 있어 수유에 어려움을 겪었고, 이는 아이들의 영양 부족으로 이어졌다. |

| 1929 | 심각한 탈수 증세와 영양실조로 인해 필립과 제인 모두 병원에 갔고 그중 제인이 사망한다. 이는 필립 K. 딕의 삶과 작품 세계 전반에 깊은 영향을 끼친다. |

| 1933 | 아버지가 네바다주 리노로 전근하면서 캘리포니아주 샌프란시스코 베이 에어리어로 이사한다. 어머니가 이혼을 요구한다. |

| 1935~37 | 부모의 이혼 후 어머니를 따라 워싱턴 D.C.로 이사한다. 학교에서 스토리텔링에 대한 재능을 발견한다. |

| 1938 | 어머니와 함께 캘리포니아주 버클리로 돌아온다. |

| 1940 | SF 잡지 〈스터링 사이언스 스토리스〉를 읽고 과학소설에 관 |

심을 갖기 시작한다.

1944~47   버클리고등학교에서 수학한다. SF 작가 어슐러 K. 르 귄 역시 같은 학교에 다녔는데 당시에는 서로 알지 못한 채로 지낸다.

1947   9월부터 11월까지 캘리포니아대학교 버클리에서 수학한다. 역사학, 심리학, 철학, 동물학을 공부했지만 불안증과 ROTC 교련에 대한 거부감 등으로 중퇴한다. 시인 로버트 덩컨, 잭 스파이서 등과 어울려 지낸다. 1952년까지 레코드 판매점에서 일한다.

1948   5월, 지닛 말린과 결혼하고 같은 해 11월에 이혼한다. 1960년까지 SF가 아닌 소설 약 열두 편을 쓰지만 1959년에 쓴 『어느 허풍쟁이의 고백』을 제외하고 모두 출간되지 못한다.

1950   6월, 클리오 어포스토리디스와 결혼한다.

1951   〈더 매거진 오브 판타지 앤드 사이언스 픽션The Magazine of Fantasy & Science Fiction〉에 단편 「루그Roog」를 판매하며 데뷔한다.

1952 첫 사변소설을 SF 잡지 〈플래닛 스토리스^{Planet Stories}〉 〈이 프〉 등에 발표한다.

1955 장편 데뷔작인 『태양계 복권』이 '에이스 더블' 시리즈로 출간 된다. 첫 번째 단편집 『한 줌의 어둠』이 영국에서 출간된다.

1956 중편 「마이너리티 리포트」와 장편 『존스가 만든 세계』를 발표 한다.

1957 장편 『하늘의 눈』을 발표한다.

1959 장편 『어긋난 시간』을 발표한다. 클리오 어포스토리디스와 이혼하고 4월, 앤 윌리엄스 루빈스타인과 결혼한다.

1960 딕과 앤 윌리엄스 루빈스타인 사이에서 딸 로라 아처 딕이 태어난다.

1962 유교의 경전 『역경』을 참고해 집필한 장편 『높은 성의 사내』 를 발표한다. 이후로도 『역경』은 딕의 삶에 많은 영향을 주 었다.

1963   『높은 성의 사내』로 휴고상(최우수 장편 부문)을 받는다. 그러
나 이러한 SF 문학계의 인정에도 불구하고 그의 소설은 당시
SF가 주류로 인정받지 못했던 탓에 낮은 고료를 받고 팔렸
고, 딕은 오랫동안 생활고에 시달린다. 결혼 생활을 유지하기
위해 미국 성공회 예배에 참석하고 세례를 받는다. 어느 날,
하늘에서 눈이 일자형인 갸름하고 거대한 얼굴을 본다. 이는
이후 『파머 엘드리치의 세 개의 성흔』에서 묘사된다.

1964   장편 『알파성의 씨족들』 『파머 엘드리치의 세 개의 성흔』
『화성의 타임슬립』을 발표한다.

1965   장편 『닥터 블러드머니』를 발표한다. 10월, 앤 윌리엄스 루빈
스타인과 이혼한다. LSD를 두 번 복용한다. 캘리포니아의 미
국 성공회 주교 제임스 파이크와 가깝게 지낸다.

1966   단편 「도매가로 기억을 팝니다」와 장편 『작년을 기다리며』를
발표한다. 7월, 낸시 해킷과 결혼한다.

1967   할런 엘리슨이 편찬한 앤솔러지 『위험한 비전』에 단편 「환난
과 핍박 중에도」를 수록해 발표한다. 딕과 낸시 해킷 사이에
서 딸 이사 딕 해킷이 태어난다.

1968   장편『안드로이드는 전기양의 꿈을 꾸는가?』를 발표한다. 베
트남전쟁과 정부에 대한 저항의 일환으로 '작가 및 편집자의
전쟁 세금 시위Writers and Editors War Tax Protest'에 참여한다.

1969   장편『유빅』을 발표한다. 예수에 관한 역사적인 연구를 위해
이스라엘로 떠났던 파이크 주교가 사망한다.

1970   장편『죽음의 미로』를 발표한다.

1971   11월, 자택에 누군가 침입하는 사건이 일어난다. 창문과 문
이 부서지고, 금고가 털리고, 서류 캐비닛이 부서진 채 개인
서류들이 사라진다. 범인은 끝내 밝혀지지 않았고, 심지어
경찰은 딕의 자작극이 아닌지 의심하기도 했다.

1972   장편『당신을 만들어드립니다』를 발표한다. 2월, 캐나다 밴
쿠버에서 열린 SF 컨벤션VCON에 주빈으로 초대받아 〈안드
로이드와 인간〉이라는 제목으로 강연한다. 3월, 브롬화칼륨
과다 복용으로 자살을 시도한다. 이후 재활센터에서 몸을 회
복해 4월 캘리포니아로 돌아온다. 몇십 년 동안 남용해오던
암페타민을 끊는다. 낸시 해킷과 이혼한다.

1973   4월, 레슬리 테사 버스비와 결혼하고 딕과 버스비 사이에서
아들 크리스토퍼 케네스 딕이 태어난다.

1974   장편 『흘러라 내 눈물, 경관은 말했다』를 발표한다. 사랑니
발치를 위해 복용한 마취제 펜토탈소디움으로부터 회복하
는 과정에서 집으로 진통제를 배달받는다. 진통제를 가져온
여성의 금목걸이(초기 기독교인들이 표식으로 사용한 물고기 모
양의 펜던트가 달린)에서 반사된 빛 가운데 분홍색 광선을 본
다. 딕은 이 광선이 지혜를 전해준다고 믿었고, 환각을 보기
시작한다.

1975   장편 『어느 허풍쟁이의 고백』을 발표한다. 『흘러라 내 눈물,
경관은 말했다』로 존 W. 캠벨 기념상을 받는다.

1976   여러 방법을 한꺼번에 동원해 다시 자살을 시도한다. 목숨을
건진 딕은 한동안 정신병동에 구속된다.

1977   장편 『스캐너 다클리』를 발표한다. 프랑스 메스 축제에 주빈
으로 초대받아 〈만약 이 세상이 끔찍하다고 생각하면, 다른
세상들로 가보라〉라는 제목으로 강연한다. 레슬리 테사 버
스비와 이혼한다.

206

1978   『스캐너 다클리』로 영국SF협회상을 받는다.

1979   『스캐너 다클리』로 메스 축제에서 SF 문학상을 받는다.

1981   장편『발리스』와『성스러운 침입』을 발표한다.

1982   2월 18일 자택에서 뇌졸중으로 쓰러진 뒤 3월 2일, 병원에서 생을 마감한다. 콜로라도주 포트 모건의 공동묘지에 있는 쌍둥이 누이 제인의 묘와 나란히 묻힌다. 장편『티모시 아처의 환생』이 출간된다. 소설『안드로이드는 전기양의 꿈을 꾸는가?』를 원작으로 한 영화 〈블레이드 러너〉가 개봉한다.

1983   매년 미국에서 페이퍼백으로 출간된 최우수 SF 소설에 수여하는 필립 K. 딕 상이 제정된다.

1985   『발리스』로 쿠르트 라스비츠 상을 받는다.

1990   단편「도매가로 기억을 팝니다」를 원작으로 한 영화 〈토탈 리콜〉이 개봉한다.

2002   중편「마이너리티 리포트」를 원작으로 한 영화 〈마이너리티

리포트〉가 개봉한다.

2006   장편 『스캐너 다클리』를 원작으로 한 영화 〈스캐너 다클리〉
가 개봉한다.

2007   미국 문학의 고전들을 엄선한 '라이브러리 오브 아메리카'
시리즈에 SF 작가로서 처음으로 포함된다.